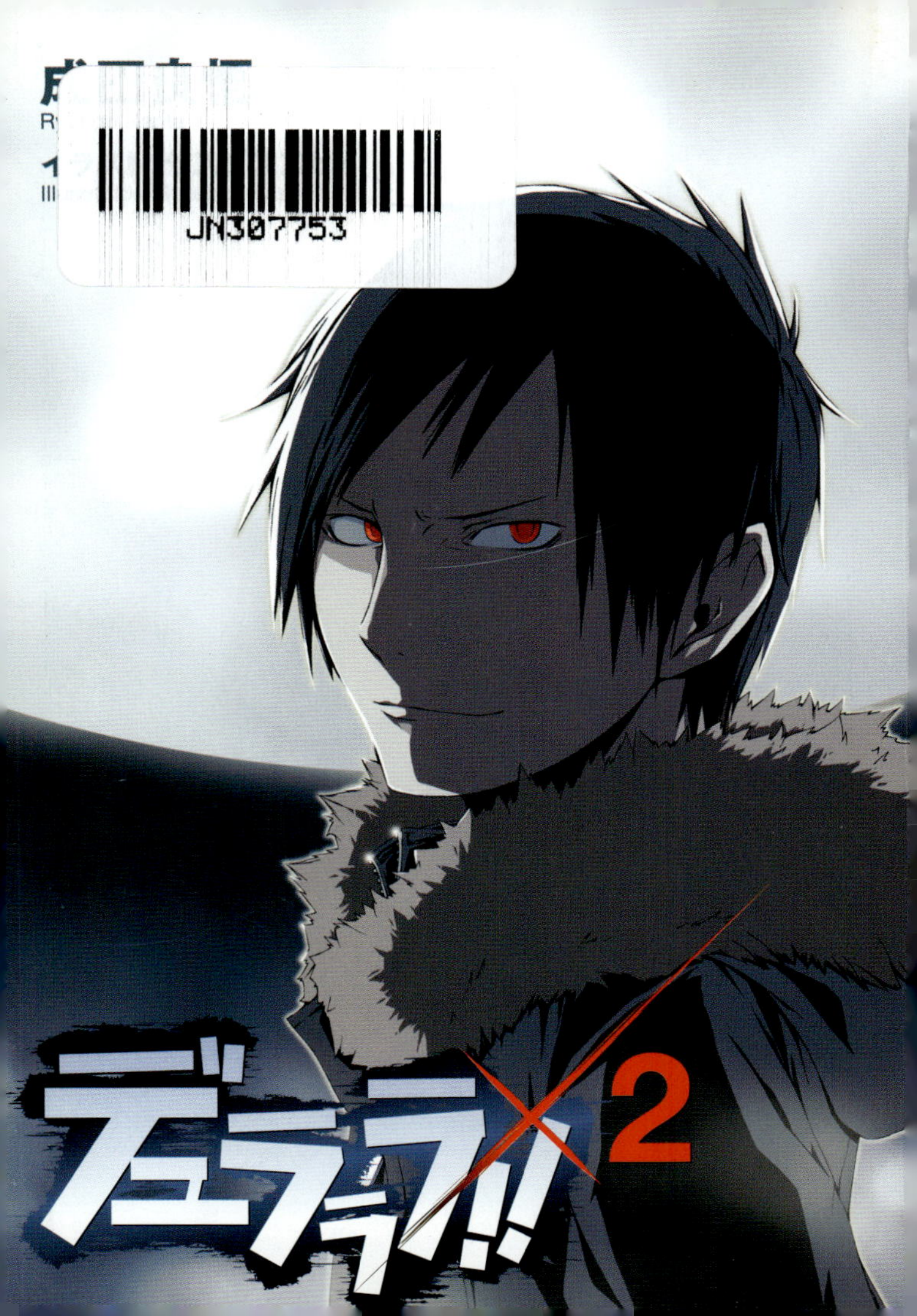
デュラララ!!
2

「ウチノネタ、新鮮ヨー。今朝、缶詰アケタバカリヨー」
サイモン・ブレジネフ
「将来は、本に埋もれて死にたいね」
狩沢絵理華
MediaWorks
メディアワークス
発行●メディアワークス
定価:本体610円
「俺は死んだ後、二次元っていう天国に行きたいんすよ」
遊馬崎ウォーカー
「だりいと思う事が一番だりいな」
門田京平

紀田正臣
「俺はいつでも、俺の味方をしてくれる奴の味方だよ」
「あの……何を言えばいいんでしょう……」
園原杏里
「僕らの町は今日も平和……だよね？」
竜ヶ峰帝人
「爪先から殴り殺し潰されてえか？」

Design:Yoshihiko Kamabe

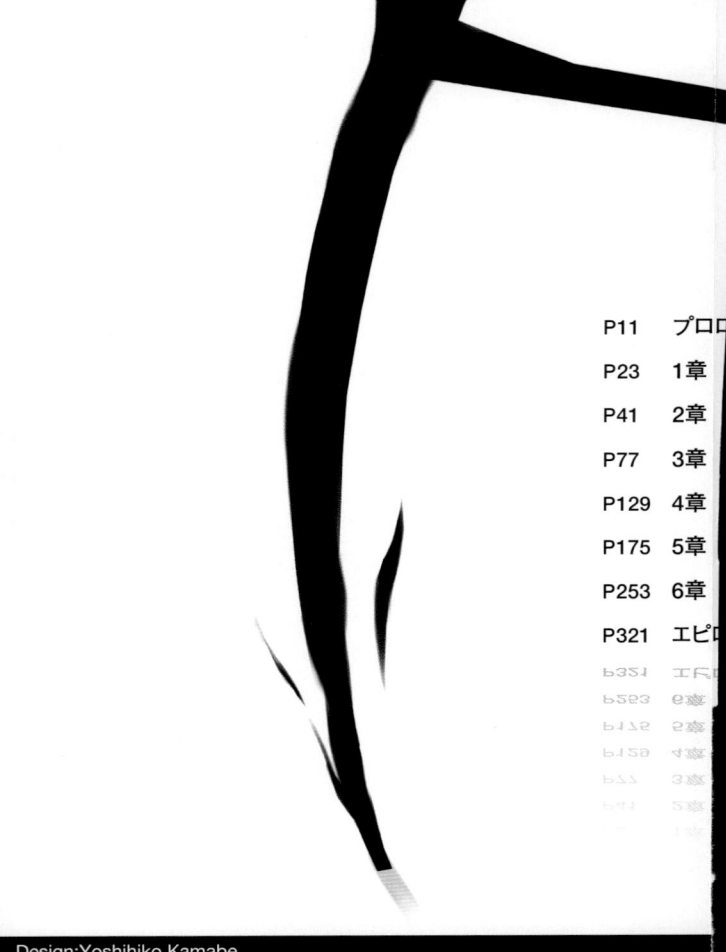

デュラララ!!×2

http://www.roo.to/dollars/

PASS: BACCANO!

ENTER

プロローグ 赤息吐息

prologue アカイキトイキ

No.9.12 DRRR!!X2 RyohgoNarita

彼女の愛はどうしようもなく軋んでいて

救いようの無いほどに錆付いて

執着はどこまでも深く見えるも――

その実は、無知で愚鈍で、あさはか極まりない想いだった。

――私は、人が好きよ。

――誰が好きかって？　違う、違うわ！　私は人間がみんなみんなみんな好きなのよ！

――どこが好きかって？　野暮なこと聞かないで！　全部よ、全部！

――鮮やかでいながら身体を巡るうちにどす黒く堕ちていくあの熱い熱い血汁が好き！

——柔らかいのに固くて簡単に裂(さ)けちゃう筋(すじ)張った筋肉が好き！

——どこまでもしなやかなのに脆(もろ)くて鋭くてザラついた硬骨(こうこつ)が好き！

——震えるように柔らかくてサラサラとグチャグチャと纏(まと)わり付いてくる軟骨(なんこつ)が好き！

——触れ合った時にとってもとっても響く声で愛を囀(さえず)り叫んでくれる喉(のど)が好き！

——私の愛に答えて涙を流してくれる瞳が好き！

——愛が絶頂に達した時の……斬(き)り裂いた肉の断面がなによりもなによりも愛(いと)おしくて。

——なにもかも、なにもかもが好きなのよ。わかる？

——そう、あなたの事ももちろん大好き。だけど、あなたを『愛する』事はできないわ。


——だけど、あなたは私を愛して。


——ええ、完全に一方通行よ。

——あなたが私を愛する限り、私はあなた以外の人間を愛することができる。

——歪(いびつ)な三角関係ね。

——あら、私を捨てる？　私を嫌う？　私をボロキレのように弄(もてあそ)んで捨ててみせる？

——でも、あなたは私を愛せざるを得ないんでしょう？

——私の力を、愛さないわけにはいかないんでしょう？

――いいのよ、愛しても。それは貴方の勝手ですもの。

――だけど、私はあなたを愛さない。いえ、愛する事ができない。

――あなたに握られる限り、私はあなたの斬りたい人を愛する事しかできないんだもの。

――やめてよね。切腹なんて。

――次に私を愛してくれる人、探すの大変なんだから……。

彼女の愛はどうしようもなくまっすぐで

滑らかに鋭くて

自らの身体に愛する者の姿を写し

そして、全てを斬り裂いた。

チャットルーム

【妖刀？】

《そうです！　妖刀！　知ってますか太郎さん？》

【知ってるかって言われても……セットンさん、そういうの詳しいんじゃないですか？】

［妖刀ですかー。村正とかみたいな？］

《違いますようセットンさん！　あれは持ってると不幸が押しかかるっていうタイプの奴じゃないですかぁ。ああいうのとは別の奴です！　もうマンガみたいに、持ったらその刀に操られて人をズバズバーッと斬っちゃうのですよう！》

［いや……そういうやつの名前って、たいていムラマサですよね？］

【ムラマサブレード？】

［くびをはねられた！］

【ウィザードリィ？　ウィザードリィ？　セットンさん、ゲーマーですね】

《ああんもう、脱線しないで下さい！》

［あー。すんません］

【すいません甘楽さん】

《いいですか！　今、池袋は妖刀のうわさで持ちきりなんです！　夜な夜な現れては路地裏で凶刃を振るう、謎の殺人鬼！　まだ死人は出てませんけど、日本刀を使って人の身体をばっさと袈裟斬りに！》

【いや、袈裟斬りだと普通死ぬんじゃ……】

《手加減した浅さで斬るらしいですよ！　中には腕とか刺された人もいるらしいです！》

［ただの通り魔じゃないですか］

《もう！　そんなんじゃないんですって！　日本刀ですよ日本刀！　それがもう、人間離れした動きで、もう逃げる間も無くズバって斬られちゃうらしいんですよーもう！　きっともう人間の仕業じゃないんですよ！》

［だからって、なんで妖刀？］

《えへへ、ここだけの話ですけど……被害者の一人が見たらしいんですよ。自分を斬った奴の顔を見たらー、なんかもう、ヤバかったって》

【ヤバかったって？】

《もう、なんか目が赤く光っちゃって、意識が何かにのっとられてるみたいで、もー吸血鬼に嚙まれて支配された人間みたいだって！》

［じゃあ、吸血鬼なんじゃないですかw］

《やっだなあセットンさん！　吸血鬼なんてこの世にいるはず無いじゃないですか！》

【……】
《うそですよ、う・そ☆　セットンさん、怒らないで！》
［いや、怒ってませんよー（怒）］
【怒ってる怒ってるw】
【でも、首無しライダーが実在するんですから、妖刀もいるかもしれませんねえ】
［首無しライダーですか。こないだもテレビで特集やってましたね］
【そうそう、空を飛ぶ緑色の女の人とかと一緒に特集されてましたね。オカルト番組で】
《セットンさん、首無しライダーのテレビとかやると必ずチェックしてますよね！》
【ファンなんですか？】
［いや……そういうわけでもないんですけど。ええと、一緒に住んでる相方の男が大ファンで］
【相方？　え、もしかしてセットンさん、結婚なされてるんですか？】
［いや、結婚はまだ……］
《じゃあ同棲ですか⁉　キャー！》
［相方ってだけで、どうして恋人になるんです……っていうか、もしかして私の性別、わかってます？］
【え、女性……ですよね？】
《話し方で丸判りですよー。女性らしいけど、ネカマほど露骨じゃないですしー》

【もしかして、いままで気付かれてないと思ってたんですか？】
［さてと。明日は早いんでそろそろ寝ますー。じゃ、おやすー］

――セットンさんが退室されました――

【あ、逃げた】
《逃げましたねー》
内緒モード【……あなたがネカマっていうと、ただのギャグですよ。臨也さん】
《いやあぁぁぁあ！　太郎さんが内緒モードで私にセクハラしてるぅ！》
【誤解です！　誤解です！】
内緒モード【いやいやいやいや、まじめな話、セットンさんってどなたなんですか？】
内緒モード【私の知ってる人ですか？　狩沢さんとか？】
内緒モード《んー。内緒》
《それじゃ、私もそろそろ落ちますねー。妖刀に心を乗っ取られないようにして下さいね☆》

――甘楽さんが退室されました――

【はい、お休みなさい】

【……本当に、誤解ですから！　何もセクハラなんかしてませんから！】

――田中太郎さんが退室されました――

――現在、チャットルームには誰もいません――

――現在、チャットルームには誰もいません――

――現在、チャットルームには誰もいません――

――現在、チャットルームには誰もいません――

――現在、チャットルームには誰もいません――

――現在、チャットルームには誰もいません――

――現在、チャットルームには誰もいません――

――現在、チャットルームには誰もいません――

――現在、チャットルームには誰もいません――

――現在、チャットルームには誰もいません――

――現在、チャットルームには誰もいません――

――現在、チャットルームには誰もいません――
――現在、チャットルームには誰もいません――
――現在、チャットルームには誰もいません――
――現在、チャットルームには誰もいません――
――現在、チャットルームには誰もいません――
――現在、チャットルームには誰もいません――
――現在、チャットルームには誰もいません――
――現在、チャットルームには誰もいません――
――現在、チャットルームには誰もいません――
――現在、チャットルームには誰もいません――
――現在、チャットルームには誰もいません――
――現在、チャットルームには誰もいません――
――現在、チャットルームには誰もいません――
――現在、チャットルームには誰もいません――
――現在、チャットルームには誰もいません――
――罪歌（さいか）さんが入室されました――

〔人〕

〔愛〕

〔違〕

〔弱〕

〔望〕

〔愛〕

〔望〕

〔望〕

——罪歌(さいか)さんが退室されました——

——現在、チャットルームには誰もいません——

——現在、チャットルームには誰もいません——

——現在、チャットルームには誰もいません——

——現在、チャットルームには誰もいません——

・

・

・

1章 妖刀狗肉

chapter.001 ヨウトウクニク

No.9.12 DRRR!!X2 RyohgoNarita

――某報道番組。

『本日は、先日からお伝えしております池袋連続通り魔事件の続報からお伝えします』

『――以上のように、現在までに通り魔の被害者が十五名となっています。夜間という時間帯である事から、目撃証言も乏しく、被害者の証言もあやふやであり――』

『なお、５年前にも同様の事件が数件あり、その犯人がいまだ特定されていない事から、警察当局は同一犯の可能性についても言及し――』

『なお、池袋では去年から「首無しライダー」と呼ばれる、巨大な刃物を持って暴走する人物がおり、周囲の住民の間では関連も噂されています』

——某オカルト系特別番組

『口裂け女、人面犬、壁女——この、「池袋の首無しライダー」もまた、そうした都市伝説の一つに過ぎませんでした。しかし、その「伝説」が、去年の春頃からにわかに現実味を帯びてきたのです！』

『……最初に目撃されたのは、もう10年以上も前ということなんですが、なぜ、一部の新聞や報道番組でも取りざたされる程に話題になったのか——全ては、この映像から始まりました』

『当局の報道特別番組「激撮！　池袋24時」の収録中に、警察車両に同乗していたスタッフが偶然撮影した映像ですが——』

『ヤア～、何コレぇ～』

『え？　あの、これ、黒い鎌……映像の途中で大きくなってません？』

『なんやこれ。物理的に無理な動きしてますよねぇ？』

『でもこの黒バイク、最近の通り魔事件との関係も噂されて――』

（CM中）

『先ほど、番組中に不適切な発言がございました事をお詫びします。大変申し訳ございませんでした』

――某週刊誌、見出し文

『猟奇!?　首無しライダーと通り魔の不気味な関連性』

『5年前の事件と同一人物か？』

『連続通り魔事件の犯人はなぜ捕まらないのか』

『現代の辻斬り？　日本刀という凶器の狂気』

『怨霊？　暴走族？　パフォーマー？　首無しライダーの正体に迫る』

2月下旬　深夜　池袋(いけぶくろ)

♂♀

池袋駅から少し離れたガード下で、影は静かに思案する。

——まいったな。

それは決して比喩(ひゆ)表現ではなく、彼女はまさしく『影』そのものだった。

漆黒(しっこく)のライダースーツに身を包み、跨(また)るバイクもまた、完全な闇(やみ)に包まれていた。

ヘッドライトの無いそのバイクは、エンジン、シャフト、ナンバープレートに至るまで、全(すべ)てが漆黒に染め上げられている。バイクのプラモデルに黒インクをぶちまけたような色彩の車体に、やはり漆黒のライダースーツが付属している。

ガード下の街灯に照らされ、滑(なめ)らかな光の反射だけが彼女とバイクの形を闇夜に浮かび上がらせていた。

——本当にまいった。

黒いライダー——セルティ・ストゥルルソンの前にいるのは、ガタガタと震える一人のチンピラだった。

チンピラの年は30代後半といったところだろうか。しかしながら、年に応じた威厳や威圧感というものはまるで感じられない。セルティは同じ年代の暴力団の幹部と顔を合わせた事があるが、人間は同じ年齢でもここまで差が出るものかという事が如実に感じられた。

セルティは、池袋を根城とする運び屋だ。

無許可の商売ゆえにおおっぴらに宣伝はできないが、非合法なものから危険物に至るまで、なんでも迅速に運ぶ事や、万が一つかまっても絶対にアシがつかない――この日本に戸籍自体が存在しない彼女の特性ゆえに、依頼される仕事の数は決して少なくない。時には漫画家の原稿を印刷所に持っていくなどというまともな仕事もあったが、相方である闇医者、岸谷新羅の人脈も大いに影響して、結果としては裏社会の仕事が殆どだった。

もっとも、運び屋としてはいささか範疇を超えた仕事にも手を出しており、家出人の捜索や逃げた債務者を追うなどという仕事も請け負っている。

今回の仕事も、そうした『範疇外』の仕事の一つだったのだが――

おびえるだけで何もできないチンピラ。このさえない中年男が持ち逃げした金を回収する。それが今回の仕事で、なんの問題も無く終わるはずだった。

――いや、まいったまいった。

そんな彼女が、心中で困惑の声をあげる。

チンピラは既に腰を抜かしており、後は金の入った鞄を回収すれば全て終わる筈だった。

彼女が操る漆黒の大鎌。それに軽く服を斬られただけで、チンピラは戦意を喪失してへたりこんでしまった。あとはバイクから降りて、男のバッグを回収するだけで終わりだ。男の身柄については何も指示されてはいない。連れ帰ってもいいのだが、あまり面倒は増やしたくないし、下手に依頼主の所に連れていけば、揉め事になって殺人沙汰になりかねない。

セルティは信条として殺しの仕事は請けない。心が痛むから、といった感傷的な理由も勿論あるが、ぶっちゃけた話、殺しなどに手を出さずとも生活には困らないからだ。

もともと、生活費ならば同居人の新羅が裕福なので問題ないのだが、『こんなことで借りを作りたくない』と、セルティは律儀に家賃を収め続けている。

そして、今夜の仕事だけで今月の家賃分を稼げる手はずになっていた。

――簡単な仕事だ。

そう思っていた筈なのだが――

しかし、セルティの動きはピタリと止まり、バイクの上から降りる事ができなくなった。

理由は、極々単純なことだった。

刃。

大鎌を握っていたセルティの右腕に、突如として銀色の刃が生えてきたからだ。

最初に衝撃があり、痛みは遅れてやってきた。

自分の腕から伸びる鋼の輝きを見て、セルティは一瞬何が起こったのかわからなかったが
——彼女の経験と勘は、すぐに自分が背後から何者かに刺されたという結論に辿りつかせた。

「あ……ひぃッ！」

どうやらセルティよりも先に、眼前にいるチンピラの方が状況を把握したようだ。情けない悲鳴をあげて、視線をセルティの背後に向けている。

——いやー。本当にまいったな。

背後に誰かがいて、その何者かがセルティの腕を刺し貫いた。

普通ならば反射的に振り向くところだが、彼女は人と比べて痛みに関する感覚がだいぶ鈍い。

彼女は痛みよりも先に腕から生えた日本刀に目を奪われてしまい、すぐに後ろを振り向く事はしなかった。

また、中途半端に冷静になったセルティは、いま眼前のチンピラから目を放す事が躊躇われてしまい、結局それが致命的なタイムロスとなってしまった。

チンピラがすぐには動けない状態だと判断して、セルティはその場でバイクをターンさせる。

セルティがハンドルを握りこんだ瞬間、バイクは生き物のようなエンジンの嘶きと共に、生

き物らしくない精密な動きで、その場を動くことなく180度のターンをしてのけた。

刹那、光の筋が閃いた。

街灯の明かりを跳ね返しながら、日本刀の刀身が美しい弧を描き——

光の円は、そのままセルティの首をすり抜ける。

全くの無音のまま、ただセルティのヘルメットだけが宙を舞い、ライダースーツの首から上には、無言の闇が渦巻くのみだった。

「あひゃぁぁぁぁぁぁぁッ！　ひゃッ！　ひゃひぁぁッ！」

悲鳴をあげたのは、腰を抜かしていたチンピラだった。

自分を殺そうとしていた（と、彼自身は思っていた）黒バイクのライダーが、突然背後に現れた人影に首を跳ね飛ばされたのだ。

彼の視点からしか見えなかったが、新たに現れた人影の動きはまさに電光石火と呼ぶにふさわしかった。

ライダーの右腕に刺していた刃物を、バイクのターンに合わせて引き抜き、そのままバイクとは逆方向に回転して振りぬいたのだ。

歯車が嚙み合うように、二つの回転は重なりあい——

次の瞬間には、ライダーの首が刎ねられていた。

――池袋の斬り裂き魔。

セルティとチンピラは、最近ワイドショーなどで話題になっている事件を思い出し、人影の方に体を向ける。

「グエアッ!」

相手の姿を確認しようとしたセルティに、不自然な悲鳴がかけられる。

――なんだ⁉　他にも誰か――

慌ててチンピラの方に『視線』を向けると、チンピラがこちらに対して目をむき出している。

「うひ、うご、うぉご、動いたぁぁーッ⁉」

――あ。

「く、く、くくくくく、くび、くび」

そこで、セルティはようやく思い出した。

自分が、首無しライダーだという事を――

セルティ・ストゥルルソンは人間ではない。

俗に『デュラハン（ドュラハンとも）』と呼ばれる、スコットランドに存在する妖精の一種であり――天命が近い者の住む邸宅に、その死期の訪れを告げて回る存在だ。

切り落とした己の首を脇に抱え、俗にコシュタ・バワーと呼ばれる首無し馬に牽かれた二輪の馬車に乗り、死期が迫る者の家へと訪れる。うっかり戸口を開けようものならば、タライに満たされた血液を浴びせかけられる――そんな不吉の使者の代表として、バンシーと共に欧州の神話の中で語り継がれてきた。

一部の説では、北欧神話に見られるヴァルキリーが地上に堕ちた姿とも言われているが、実際のところは彼女自身にもわからない。

知らない、というわけではない。

正確に言うならば、思い出せないのだ。

祖国で何者かに自分の『首』を盗まれた彼女は、自分の存在についての記憶を欠落してしまったのだ。それを取り戻すために、己の首の気配を追い、この池袋にやって来たのだ。

首無し馬をバイクに、鎧をライダースーツに変えて、何十年もこの街を彷徨った。

しかし結局首を奪還する事は適わず――現在は開き直って新しい人生？　を歩み始めているという状態だった。

自分が社会に決して受け入れられない存在である事を理解した上で、彼女は心の中で叫んだ。

『知ったことか』と、ただ一言。

社会に受け入れられなかったが、一部の人間には受け入れられた寂しくも賑わしい首無し女。
それが——セルティ・ストゥルルソンという存在だった。

男の悲鳴で我に返り、セルティは自分も切り裂き魔と同じ……あるいはそれ以上に異常な存在である事を思い出したが、今はチンピラを落ち着かせている暇はない。

更に言うならば、チンピラが落ち着かなくても問題は無い。

セルティは一秒と掛からずに気を取り直すと、改めて人影の方に目を向けた。

その瞬間、ガード下を照らす蛍光灯が派手な音を立てて爆ぜ散った。


——!?


セルティは一瞬混乱するが、人影が何かを投げて蛍光灯を割ったと判断する。視界は真っ暗になったが、彼女の視界は眼球を介さない。人間とは少し違ったシステムで世界を『視る』セルティは、人間と比べて夜目もかなりきく方だ。

だが、彼女が暗闇の中を把握した時には、既に人影はどこにも見当たらなかった。

蛍光灯に注意をそらせている隙に、ガード下から逃げ出したのだろう。注意をそらされていたとはいえ、人影が尋常ではない速度で動いたとしか考えられない。

——くッ。生半可に丈夫なのが仇になったな。

もしもセルティが普通の人間だったならば、首への一撃の前に、即座に振り向いて自分の命を奪おうとする『敵』もしくは『恐怖』に目を向けて、二度と視線を外す事はなかっただろう。

だが、セルティの場合は自分が死に難(にく)いという事を知っているために、キョロキョロと余計なものに視線を移してしまい、その結果人影に逃げられた。

街灯の明かりを失ったガード下には、気を失ったチンピラと首無しライダーだけが取り残されている。

セルティは、今の突然の来襲者に対して、強い違和感を覚えていた。

彼女が人影に感じたものは、恐怖ではなく、違和感。

刀で刺された瞬間、なにか不気味な気配がセルティの内側に入り込んできた気がした。

もしもあれが人間ではなく、セルティと同じような妖精(ようせい)・魍魎(もうりょう)の類(たぐい)ならば、刺される前に気配でわかった事だろう。もしかしたら完全に気配を消せる存在なのかもしれないが、とりあえずその可能性は除外することにした。

――それにしても――あの影、なんだったんだ？

相手の外見はおろか、背の高さすらも把握する事が出来ない一瞬の攻防だったが――彼女の脳裏には、たった一つだけ、相手の特徴が植えつけられていた。

蛍光灯が割られる直前に視た、斬(き)り裂(さ)き魔の両眼(りょうめ)――

紅(あか)く染まった、歪(いびつ)に光を反射する不自然な程に大きな瞳を――

人間ではありえないほどに大きく光る、二つの紅い円盤を思い出し、デュラハンの女は少しだけ身震いをした。

いつかテレビで視た、リトルグレイの不気味な姿を思い出したからだ。

――本当に宇宙人だったらどうしよう。

人々に恐怖を振りまく筈の首無し騎士は、アダムスキー型のＵＦＯが放つ『未知のテクノロジー光線』で地球が真っ二つにされるところを思い浮かべて、僅かにその身を震わせた。

♂♀

チャットルーム

――現在、チャットルームには誰もいません――

――現在、チャットルームには誰もいません――

――現在、チャットルームには誰もいません――

――罪歌さんが入室されました――

〔人間〕
〔強者（つわもの）〕
〔望〕
〔愛〕
〔望愛人間〕
〔望むですを人間愛強者〕
〔望むですを強者だから人間〕
〔愛です望です強を人間だから〕
〔ですをだから〕
〔〕
〔だから、だから、だから、だから〕
〔私〕
〔私、だから、望む〕
〔愛、だから、望む、、〕
〔強者、です、は、強い、人間〕
〔強い、人間、望む、私、愛、だから〕

――罪歌さんが退室されました――
――現在、チャットルームには誰もいません――
――現在、チャットルームには誰もいません――
――現在、チャットルームには誰もいません――
――セットンさんが入室されました――

[……]
[なにこれ？]
[荒らし？]
[……怖いですねぇ]
[宇宙人みたい]
[……自分で言ってて怖くなってきました]
[いや、あの、宇宙人が怖いとかそういうアレじゃなくてですね！]

――セットンさんが退室されました。

2章 不定少女
chapter.002 フテイショウジョ
No.9.12 DRRR!!X2 RyohgoNarita
KEEP OUT
KEEP OUT
KEEP OUT
KEEP OUT
KEEP OUT

池袋(いけぶくろ)　来良(らいら)学園　放課後

自分に足りないものはなんだろう。

西日の差し込む長い廊下を歩きながら、園原杏里(そのはらあんり)は考える。

来良学園に入学してから、早くも一年が経(た)とうとしている。

一年A組の学級委員になり、男子の委員となった竜ケ峰帝人(りゅうがみねみかど)や、隣のクラスの紀田正臣(きだまさおみ)と仲良くなった。

男子と仲良くなったのは初めての経験であり、距離感がいまひとつつかめないものの、何事もなく日々を過ごすことには成功している。

だが、彼女はいまだに学園の中で自分の『立ち位置』を見つけることができずにいた。

中学までは、彼女の立ち位置は確かに存在していた。

——張間美香(はりまみか)の引き立て役。

少し変わったところのある、美人で頭のいい幼馴染み（おさななじみ）。

地味でぱっとしない杏里（あんり）を、引き立て役として常に傍（そば）においていた、どこにでも見られるような主従的友人関係だった。

杏里はその生活を特に否定する事はなく、寧ろ（むしろ）心地よくさえ感じていた。

どんな形であれ、自分が誰かに必要とされる。そう思うことで、自分の人生の意味を考える必要が無くなったからだ。

そんな経緯（けいい）を思い出している杏里の前を、件（くだん）の美香が通り過ぎる。

しかし、傍ら（かたわら）にいるのは杏里ではない。美香が入学と同時に付き合っている男子、矢霧誠二（やぎりせいじ）の長身と寄り添うように——いや、『ように』ではなく、しっかりと寄り添って歩いていた。

自分達の関係を周囲にアピールして、その関係を周囲に強く刻みつけながら。

杏里の視線に気付いたのか、美香が軽く手を振りながらニコリと笑う。

「あ、杏里ちゃん。また明日ねー」

「う、うん……」

何事も無い会話。

美香にとって、杏里は既に（すでに）その程度の存在でしかなかった。

引き立て役は、もう必要ないのだ。

彼女は、矢霧誠二という男の中に、自分の居場所を見つけたのだろう。ならば、もう杏里と支えあう理由は無いのだ。

何故なら——特に引き立てられたりせずとも、誠二は美香の事を強く愛しているのだから。

恋愛に関しては素人の杏里も、二人が強い愛で結ばれている事は理解できる。うっすらとした欺瞞を感じる事はあったが、自分の嫉妬がらみの錯覚だろうと、特に気にも止めなかった。

今の杏里は、『なんとなく』生きている状態だ。

数少ない友人と、つかず離れずの距離を保ちながら、ただ日々を無難に過ごしていく。

それで充分だと思う自分と、このままではいけないと思う自分がいる。

だが、その二つの意識を戦わせることすらしなかった。

自分の意志を争わせるという行為自体が、日々の平穏を全て壊してしまうような気がして。

美香も誠二も、帝人も正臣も、誰も彼もが充実した生活を送っているように見える。何か足りないものがあっても、それが何かを自分で理解していて、方向性のある渇望を見せているように思えていた。

——私に足りないものはなんだろう。

まもなく年度末の総合試験が実施されるとあって、放課後に残って委員会の雑務を行っている者は殆どみることはない。誰もいない廊下を歩き、杏里はふと、途方も無い喪失感にとらわれてしまったのだ。

そして、自分の存在についてなどという青臭い思考に囚われる。

本来それを考える思春期の始めは、美香のお陰で考える必要も無かったのだが――

――わからない。

もしかしたら、自分は今満ち足りていて、この不安は単なる錯覚なのかもしれない。しかし、それを確認する術など、何処にも存在しなかった。

――何を求めればいいのか、それさえわからないよ……。


「なんだ園原。まだ残っていたのか」

ぼんやりと歩いている杏里は、背後から唐突に声をかけられて身をすくませる。

「ッ……」

「なにを驚いてる」

杏里が振り返ると、そこには背広を着た強面の教師が立っていた。一年C組の担任だったという事までは覚えているが、杏里の脳裏には名前が即座に浮かんでこなかった。

ただ、印象に残っていないかというと、決してそういう事は無い。

「どうした？　ん？　体調が悪いんだったら保健室に行くか？」

ネットリとした視線が、杏里の身体に絡み付いていく。この視線は、嫌と言うほど記憶に焼きついている。だからこそ、名前すら思い出したくなかったのかもしれない。

「い、いえ。大丈夫ですから」

「そうか……？」

最初は、いつもの被害妄想かと思っていた。

「なんだったら、家まで送ってやろうか」

「……アハハハハ」

「冗談だ……はは」

曖昧な笑顔で相槌をうつが、杏里は教師の言葉が冗談などではなく、八割方本気である事を知っている。

そして、目の前の教師が自分に向けている視線の意味も、今では正確に理解していた。

【何人かの女子生徒と関係を持ち、卒業後もその時の事実を元に関係を迫っている】

【セクハラをしておきながら、脅して口を封じている】

【成績をネタに、女子生徒と関係を迫る】

など、世間的にありがちな話が常に渦巻いている教師で、その教師らしくない顔だけはしっかりと頭に刻み付けられている。

杏里が入学した時から何かと噂に上っていた教師で、何人もが猥褻行為ギリギリの扱いを受けているという噂がたっており、女子の殆どは警戒の目つきでこの教師の事を避けていた。

だが、杏里は別段その教師を特別扱いするような事はしなかった。直接被害にあったという生徒には会った事がなかったし、どこの学校でもよくある、濃い顔の教師を勝手に槍玉に上げて、共通の敵を作って学校生活に対する不満を一人に具現化させる『生贄（いけにえ）』的行為と同じだと思っていた。

だから、特に避けるような事はせず、さりとて媚（こび）を売るわけでもなく、学級委員として様々な雑務の際に、他（ほか）の教師との差も無く接していただけだったのだが――


二学期の終わり頃から、周囲の『他人以上、友達未満』の女子達が、おせっかいを焼くように杏里（あんり）に忠告し始めた。

（ねえ園原（そのはら）さん。あんた、目ぇつけられたみたいだよ）

（気を付けなよー。杏里がゴマするから、あいつ勘（かん）違いしてるよ）

――ゴマなんかすってないけど……

（だーかーら、あいつを無視しないって時点でもうあいつにとっては『自分にコビを売ってる』ってなっちゃうの！　ほら、周囲の女子はみんなあいつ無視してるじゃん？　なのに杏里だけは普通に話すもんだから、もうあいつ絶対その気だよ）

（あいつが杏里を見る目、絶対おかしいから）

それでも、その時はまだ皆の勘違いだと思っていたのだが――

ある日、交流の薄くなっていた美香（みか）にまで
（杏里、気をつけた方がいいよー。あのせんせーの目、あれは恋っていうかなんていうのかな、

性欲を持て余してる目だったから）

と言われ、ようやく杏里は事の重大さに気が付いた。

杏里にとって、美香の言葉は友達未満百人に言われるものよりも遥かに重みのある言葉であり、その信頼は距離を置いた今でもなんら変わってはいなかった。

――私はただ、できるだけ波風を立てずに生きていきたいだけなのに。

そう思いながら、杏里も他の女子達と同じように、その教師を避け始めたが……

「なあ、園原ぁ。お前、最近は他の女子と仲良くしてるのか？」

「ええ、まあ」

「そうか……？　本当か？　この間みたいなことは、もう無いんだろうな？」

「……はい。大丈夫です」

教師の粘つくような言葉に適当な相槌をうち、杏里は１ヶ月前の出来事を思い出していた。

悪いタイミングとは重なるもので、杏里が教師を避けようと思った矢先に、杏里は仲の良くない女子数人に囲まれた。彼女達は中学の時からの顔見知りで、美香の腰巾着だった自分を心良く思っていない面々だ。

入学した時にも一度絡まれたのだが、偶然通りかかった帝人や妙な黒服の男に酷い目にあってからは、暫く杏里には手を出してこなかった。

それが、たまたま放課後の雑務中に顔を合わせる事となってしまい、以前と同じように囲まれかけたのだが——そこへ、この強面教師が偶然通りかかったのだ。

彼が通りかかる事によってその場は何事も無く収まったのだが、今では明らかにそれで恩を売ったと思っているようだ。

もしかすると、自分の事を最初から見張っていて、ここぞという時に助けに現れたのではないだろうか。あるいは、あの女子達と鉢合わせするように何か仕組んでいたんだとしたら？

そこまで考えるのは被害妄想だとも思ったが、杏里はその考えを完全に否定する事ができなかった。なぜなら、それ以降はなにかにつけてその時の話題を持ち出してくるからだ。

「なあ……園原。何か困った事があったら、何でも相談していいんだぞ。何かあったら、この前みたいに助けてやるから」

——もう1ヶ月以上も前の事なのに。

杏里はそう思ったが、直接口には出すことはしなかった。

「はあ……」

「ほら、教師としては、生徒の頼りになる存在になりたいんだよ。その為には、まず先生の事を信頼してくれないとなあ」

——順番が逆じゃあ……。

その思いも、あえて言葉には出さなかった。彼女はただ、波風が立たずにこのまま自分に飽きてくれるのが一番いいと考えていたからだ。下手に刺激して、相手を意地にならせることも無いだろうと。

「俺もたくさんの生徒を見てきたが、園原の事は少し心配なんだよ……。なあ？」

教師――那須島隆志は、園原の肩に無遠慮に手を置きながら、気を使うような仕草で少女の顔を覗き込んだ。もっとも、『気を使うような仕草』だと思っているのは那須島本人だけだったのだが。

「お前はいつでも元気が無いからな、教師としては心配なんだよ。お前らの担任の北駒先生は気難しい人だし、B組の佐藤先生は生徒のゴタゴタなんか気付いちゃいないし、D組の――」

――？

そこでようやく、杏里は違和感に気が付いた。

徐々に語調が速くなっていく言葉を聴いて、杏里の背中に生ぬるい感覚が広がった。

他の教師を引き合いに出して、自分が如何に信用できる存在かという事を語る那須島。その様子はどこか追い詰められているようで、目には僅かに焦燥の色を帯びている。

周囲に人の気配は無い。それが那須島を大胆にさせているのだろうか。

――それとも……

杏里が何か別の可能性を模索し始めたその瞬間――

「那須島センセー。セクハラっすかぁ?」

軽薄な声が廊下に響き、那須島の身体が激しく硬直する。

「あッ……」

少女の肩を摑む手にも力が入り、強く握られた杏里は思わず声をあげてしまう。

「わお。いたいけな眼鏡委員長に声まで出させて。いよいよ本格的なセクシャル・ハラスメントってやつっすか。でもセクシャルだのハラスメントだのわけわかんなくないっすかぁ? 寧ろ判りやすくセクシー・ハラショーっすかぁー? 英語とロシア語混在作戦で東西冷戦終結っすかぁー?」

「き、紀田! ふざけるんじゃあない!」

那須島はあわてて杏里から手を放し、背後を振り返りながら叱責の声をあげる。

それに釣られて杏里が振り返ると、そこには数少ない友人の一人——一年B組の紀田正臣が廊下に姿を現していた。

気配は、無かった筈だ。

しかし、現に今、正臣は廊下に存在している。

ただし——上半身だけ。

足は教室の中に残しながら、身体を斜めにして上半身だけを廊下に覗かせている。

　小学生がやるような仕草に緊張感もほぐれたが、廊下には先刻以上に微妙な空気が流れ始めた。正臣が何をどこまで見ていたのかによって、それぞれの立ち位置は大きく変わってくる。少なくとも廊下に誰もいなかった事から、おそらくは教室の中から様子をうかがっていたのだろう。どちらにせよ、那須島が杏里の肩に手を置いていたのを見られたのは確かだった。だが、それだけならばまだいいわけのしようがある。単なるスキンシップだと言い張ればいい。那須島はそう判断したのだが――彼が口を開く前に、正臣が目を細めながら小さく笑う。

「おやおやおやおやおやおや。いけないよねぇ那須島先生ー。A組のキッチー達ならともかく、うちのマスターサトチーを引き合いに出すなんて」

「……ッ！」

　会話も全て聞かれていたことが確定したため、那須島は言葉を失って口をぱくぱくさせることしかできなくなった。

　それ以上会話を続けない方がいいと思ったのか、那須島は唐突にわざとらしい笑顔を浮かべ、杏里の方に向き直る。

「冗談……冗談だからな、園原。勘違いして変な噂とか、流さないでくれよ。な、な？」

　わざとらしい笑みを造る口とは対照的に、両目は先刻以上の焦燥感に囚われている。杏里がどう答えたものか迷っていると、身体を斜めにしたままの正臣が口を開いた。

「ハハハ、先生！　杏里がそんな軽薄な女に見えますか？」

「……そ、そうだな」

「寧ろ変な噂は俺が流すんで安心してください！」

「なッ……」

冗談としか取れない言葉だが、那須島にとっては冗談では済まない発言だ。教師は中途半端な威厳を出して、叱責の声をあげようとする。

「紀田！　そういうくだらないことをしている隙があったら——」

「勉強ですか？　ふふふ、確かに勉強は大事ですよね。ええそうですともさ！　『将来物理とか数学とか絶対つかわねーよ』なんて事を言いたい世代ど真ん中ですよ俺らは！　でも、物理や数学だって将来によってはしっかり使う事になるわけだから、まだ将来の決まっていない今のうちは色々な知識や知恵を身につけておくべきだ……。そうでしょう？　ですが先生！　俺は将来ヒモで生きていくと、何処の宗派のか良く解らない女神像に誓っているので物理も数学も取りあえず必要ないと思います。あえて言うなら国語と英語さえあればワールドジゴロの完成ですよ？」

マシンガンのようにまくし立てる正臣に対し、那須島は相手の意図がわからぬまま、とりあえず単純な感想を口にした。

「お前……いや……国語の成績絶対悪いだろ」

「くく……残念ながら国語の成績は10ですよ先生ぇー。いくら文章問題や論文の成績が良かろうが、普段の会話には何の影響も無い事が解りますか先生さんよぉー」

「ふざけるな。それが教師に対する態度か？」

話をずらそうとする那須島に、正臣は少しも取り乱さずに右手を差し出した。

その手には白い携帯電話が握られており、正臣は急に声のトーンを落として呟いた。

「で、さっきの映像と音声をバッチリレコーディングしてあるわけですけど」

「おま……」

「さて」

爬虫類のような目を更に鋭く細めながら、正臣は廊下へゆっくりと歩み出た。

「ヒモになるための御勉強として――まずは、裏っぽい駆け引きの仕方を教えて下さいや。ねえ、先生？」


「くくく。期末試験の問題一部ゲット。まさかこんなに上手くいくとは思わなかった」

校門へ続く道を歩きながら、正臣がいつもどおりの軽薄な笑みを浮かべている。

あの後、正臣は教室の中でなんらかの『交渉』を行い、結果として期末試験で那須島が担当している問題の一部を入手したようだ。

杏里はそんな正臣を横目で見ながら、ややこしい事になりそうだったところを救われた礼を言うべきか、それとも教師を強請ったという悪事を咎めるべきか迷っていた。

これが他人であるならば、杏里は何も言わずにいただろう。悪事を咎めていらぬ恨みを買うのは御免だからだ。

しかし、正臣は数少ない杏里の友達であり、彼女が悪い事は悪いと咎める事ができる相手だ。より正確に言うならば、悪事を働いて欲しくない、という思いがあるからだ。

だが、今はそれを言う事が躊躇われた。最初から強請るのが目的ではなく、杏里を助けるために泥をかぶってくれたという可能性も強い。それを考えると、杏里はどんな言葉を吐けばいいのか解らない。

そんな杏里の表情を察したのか、正臣は子供っぽい笑顔のままで呟いた。

「困ってる杏里も助けられたし、俺は期末試験の問題を入手できたし、一石二鳥さ」

「えッ」

「俺に礼を言おうか注意しようか迷ってるんだろ？　俺としては両方とも同意だから、なんてーの。おあいこ、相殺、イーブンだから何も言わないで済ますってのはどうだろう」

無茶な理論を述べる正臣に対して、杏里は一瞬言葉を失った。

正臣はそれを肯定と受け取ったようで、淡々と自分の話を続けだす。

「だから言葉なんて要らないという事で、とりあえず手を握るところから始めようか」

「怒っていいですか？」

「ダメ。でも手は握って欲しいしキスもそれ以上の事もして欲しいお年頃、俺」

正臣は、出会った時から杏里の事が好きだと告白している。

だが、他の女子の六割に対しても同じ事を言っているので、本気に受け取るものは殆どいない。もっとも、本気で受け取った者は、たいてい本気で怒るのだが。

「紀田くんは、誰にでもそんな事言うけど……本当に好きな子は誰なの？」

「俺？　好きだって告白した奴はみんな好きだぜ？　心からな！　もちろん杏里の事もムッチャ好きだから。いやマジでマジで」

「……えと、なんて言っていいのかな……」

節操の無さに呆れつつも、杏里は少し安心したような表情を浮かばせた。

そんな杏里には気付かずに、正臣は杏里を取り巻くもう一人の男について言葉を綻ばせる。

「けど、帝人の奴は不器用だからなー。まだ告白とかしてないんしょ？　杏里に」

「えッ」

「いや、帝人が杏里にマジ惚れしてんのは気付いてんだろ？　流石に」

正臣は、こういった微妙な話題に対して本当に遠慮がない。自分の色恋に節操が無い分、他人の恋愛領域にもズカズカと足を踏み入れてくる。

「竜ケ峰くんは……いい友達だから……」

「ふふふ、俺の親友が杏里の事を本気で愛しているっぽいから、俺はとりあえず様子を見させてもらうとしよう。それがマイ生き方さ。俺は世界中の美少女とよろしくしなきゃいけないから、杏里だけに心を奪われるわけにはいかないってこった」

杏里の言葉を完全に無視しながら、自分に酔った言動を紡ぎだす正臣。こうなるともう何を言っても無駄だという事が解っているので、杏里は静かに聞き流す事にした。

「おおっと……ちょっと今の俺かっこよかった？　寧ろカッコブー？　惚れた？　惚れちゃった？　惚れ悶えちゃった？　惚れちぎっちゃった？　惚れチャッチャッチャチャチャー？」

妙な造語を作りながら、言葉の渦を浴びせかけて杏里を惑わそうとする。

しかし、聞き流していたので杏里は欠片も気にしない。

「ところで、紀田君……」

「なにさ？　なんでも答えるよ俺。ふふふ、俺の目算では杏里のスリーサイズは84・55・83だな……結構着やせするタイプとみた。それともなに、俺の中学時代の武勇伝とか聞きたい？

そうだな、あれは俺に数百人の部下がいた頃だった……」

正臣の昔話は無視して杏里は先刻からの疑問をなげつけた。

「将来、紐になりたいってどういうこと？」

「えあ？」

「紐って、どういう仕事なの？」

嫌味などではなく、大人の社会に少し疎い、純粋な少女の単純な疑問。

　眼鏡(めがね)の奥からまっすぐな瞳で見つめられて、正臣は一瞬言葉に詰まる。

　無言の正臣を余所(よそ)に、杏里は夕暮れの空を見上げて、独(ひと)り言のように呟(つぶや)いた。

「でも、いいなあ紀田君は。もう将来のこととか、自分の人生がしっかり決まってて」

「いやあの、それは」

「私は――将来どころか、今の自分が何をやってるのかも、よく解らないから……」

　少しだけ悲しそうな目で前を向くと、校門の所に立つ人影に気が付いた。

　向こうもこちらに気が付いたようで、明るい笑顔を浮かべて、その少年は杏里と正臣に手を振った。

　正臣は軽く手をあげながら、杏里にしか聞こえない小声で呟いた。

「ほーら、告白できねえ意気地なしの登場だ」

　杏里は頬(ほお)を僅(わず)かに染めて、正臣の言葉を黙殺した。

　今の彼女には、そうすること以外何もできなかった。

空には既に星が瞬いており、街の明かりの強さに対して、あまりにも弱々しく夜空を飾りたてている。

♂♀

そんな冬の空の下、杏里は池袋の街を一人で歩く。

帝人と合流した杏里は、学校帰りにパルコで買い物をした後、二人と別れて一人で帰路についた。

サンシャインシティへと続く通りを歩きながら、杏里はなにげなく周囲を見渡した。

そこには、ほぼいつもどおりの池袋の姿があり、誰も彼もが思い思いの表情で街を歩き、近づき、遠ざかっていく。

『ほぼ』いつもどおりというのは、僅かな違和感がそこに存在したからだ。

黄色。

街を歩く若者の中に、黄色いバンダナを巻いた者が多く目についた。

――なんだろう。

奇妙な感覚は受けたものの、杏里は特に強く気にする事なく、自分の帰路へとまっすぐ歩いて行った。

大通りを外れ、自分の借りている安アパートの部屋まで続く細い路地。繁華街から1キロも離れていないのに、そこは既に別世界。人通りは無く、街灯に浮かぶ路地はどこか寂しげな色を浮かべている。

駅前からこの通りまで戻ってくると、あまりの差に自分の心までしぼんでしまうような錯覚に囚われるが、一年も経てばその哀愁にも慣れてしまう。

何事も無い帰り道、杏里は別れ際に正臣に言われた事を思い出していた。

「でもな……マジで気ぃつけた方がいいぜ、杏里」

「？」

「那須島の野郎さー。噂は大半が噂だけど、教え子に手ぇ出してたってのはマジだから」

「……ッ！」

突然の言葉に、杏里は思わず息を呑む。正臣はこういう類の話では嘘や冗談を言わない人間だ。想像していた事ではあるが、実際に真実だと聞かされると心理的な圧迫を感じる。

「贄川春奈って、二年の先輩でさー。二学期の中ごろ転校したんだけどよ、それがどうも、那須島と付き合ってるのがバレそうになったからなんだってよ。露見させたくなかった学校が転校させたのか、那須島が脅したのか、それとも贄川先輩が自分から転校してったのかは解らないけどな」

「……」

二学期の途中で転校したのならば、那須島が自分に接触してきた頃と時間は合う。杏里はそう考えて、正臣の言葉に信憑性を感じとっていた。

「ま、気を付けろよ。なんかあったらマジで俺と帝人でなんとかすっから。なあ帝人！」

それまで余所見をしていた帝人は、突然話を振られて驚いたように目を瞬かせた。

「？　なんの話かよく解らないけど、僕にできる事ならなんでもするよ」

「チッチッチ。馬鹿だな帝人は本当に。こういう時は『僕にできない事だろうが愛の力でやってみせるよ』、ぐらいの事を言ってのけなきゃ男じゃあねーぜ」

「矛盾じゃん」

「ははは、できるかできないかは観測するまで解らない……これをシュレディンガーの帝人と呼ぶ。具体的に言うとあれだ。お前を箱に閉じ込めて毒ガスを流して、愛の力で耐えられるか耐えられないかを試すと見せかけて邪魔者のお前を消して杏里は俺の彼女。ＯＫ？」

相変わらずの調子に戻った正臣を見て、杏里は柔らかい笑顔を浮かべてうなずいた。

「うん……二人とも……ありがとう」

暗く寂しい道を歩きながら、杏里は自分の心を整理する。

自分は、竜ヶ峰帝人の事が好きだ。

彼女自身は、その事実はしっかりと理解していた。

だが、紀田正臣の事も好きだし、張間美香だって今でも好きだ。

——同じ。竜ヶ峰君を好きな気持ちと、紀田君や美香を好きな気持ちは同じなんだ。

だから、おそらくこれは恋愛感情ではないのだと思う。きっとまだ、友達として好きというだけなのだ。

もしも今、帝人に告白されたとしても、杏里はそれを受け入れる事ができないだろう。心の中で、正臣と二股をかけているような気になって、その罪悪感に耐えられなくなるのがわかっていたから。

帝人か正臣のどちらかを愛してしまえば楽なのだろう。

しかし、彼女は友愛と恋愛の区別が今ひとつついていなかったし、もしも意図的にどちらかを愛する事ができたとしても、選ぶ事ができるとは限らない。

もしも選んでしまったら、その時点で今の関係が壊れてしまうような気がして。

結局ここでも、彼女は自分の立ち位置を見つける事ができずにいた。

そして、対比するように、先刻の話に出てきた先輩のことを思い出す。

贄川春奈。

結果は転校という形に終わったものの、実際はどうだったのだろうか？

——結局、その子は見つけられたのかな。

——自分の居場所を。

今は破局してしまった関係だとしても——その時、彼女には那須島への愛はあったのだろうか。それとも、なんらかの事情によって強制された関係だったのか。

いくら想像してみても答えは出ず、杏里は道の端に立ち止まって大きなため息をついた。

刹那——背中に軽い衝撃が走り、杏里はバランスを崩して地面に転んでしまった。

何が起こったのか解らずに背後を振り返ると、そこには彼女の見知った顔があった。

「うわ、転んでるよー。ダサ」

「軽く蹴っただけなのに、ほんと鈍くさいよね」

「やっぱギョウ虫だから」

街灯に照らされて、来良学園のブレザーを来た女子生徒が三人浮かび上がる。

いつも杏里に目をつけている、帝人曰く『昔の漫画的苛めっ子軍団』だ。

「……」

杏里は無言のままで三人を見上げたが、その顔には恐怖も怒りも込められていない。何の感情も無い目で、静かに相手の出方を待っている様子だった。

それが三人には気に入らなかったらしい。起き上がりかけた杏里の肩に足を乗せて、更に後ろに押し倒す。

「ったくよー。張間(はりま)の次は竜ヶ峰(りゅうがみね)と紀田(きだ)にコビ売って、次は那須島(なすじま)かよ?」

「何人に身体(からだ)売れば気が済むんだよこの援交女(えんこう)」

「誰かに寄生しなきゃ生きてけないくせしてさー」

罵倒(ばとう)の言葉を浴びせられながら、杏里はただ相手を見つめ返すことしかできなかった。

相手の言っている意味はよくわかる。

自分が張間美香(みか)に依存して生きてきたのは事実なので、その点については反論はできないし、するつもりも無い。帝人や正臣に関しても、傍(はた)からみればそう見えるのかもしれないし、彼らの中に自分の居場所を探そうとしているのも事実だ。

那須島の件については完全な誤解だが、何を言っても目の前の女子達を納得させるのは不可能だろう。いや、そもそも納得しようがしまいが、彼女達にそんなことは関係ないのだから。

罵声(ばせい)を浴びせられながら、杏里は自分がどこか遠い世界の住人で、今の状況を遥(はる)か遠くから見守っているような錯覚に陥った。それが彼女なりの自己防衛術だったのかもしれない。

「「「なにボケっとしてんだよ」」」

「「「とりあえずあんたの部屋、この近くなんだろ。ちょっとあがらせなよ」」」

「「「ガサ入れタイムやってやっから」」」

杏里（あんり）は自分の目から見える世界を額縁（がくぶち）の中の出来事のように捉（とら）え、女達の声も全（すべ）て額縁の中の絵がしゃべっているように聞こえてくる。

中学までは、額縁の手前側に美香（みか）がいて、額縁の絵がしゃべらないように睨（にら）みをきかせていてくれた。

春にこの額縁が現れた時は、絵の中から帝人（みかど）がこちらの側に抜け出してきてくれた。

先月の那須島（なすじま）の件は――那須島という別の『絵』が、苛（いじ）めっ子達の絵の上から覆（おお）いかぶさったに過ぎない。

でも、今度は誰も助けてくれそうにない。

この場所での反抗はしない方がいい。力で対抗しても、何もいい事は無いのだ。

――そう、何もいいことなんて――

杏里が諦念（ていねん）をもって事態をやり過ごすと決めた時、額縁の中の世界に異常が生じた。

絵の中で口を動かす少女達。

その背後で、何か黒い影が蠢（うごめ）いた。

影の目を見て、杏里はぼんやりと息を呑む。

――あれ？　えッ？

街灯の光の中に、人間の姿が浮かび上がる。少女達の背後にいるので、顔や服装はよくわからない。だが、雰囲気からどうやら男だという事は理解できた。

そして何より特徴的だったのは――

男の目が、赤く赤く染まっていた事だった。


「「「なんとか言……」」」

女の内の一人の声がくぐもり、杏里の額縁(視界)の中に、突如として黒い色が広がった。

黒いと思った液体は、街灯に照らされて赤みを帯びながら周囲に飛散する。

赤く染まる世界。

悲鳴が聞こえる。

悲鳴が聞こえる。

灰色のアスファルトに飛び散った血は、やはり黒い液体にしか見えず。

宙を舞う瞬間だけ、その飛沫(しぶき)が血である事を思い出させる。

悲鳴が聞こえる。

悲鳴が聞こえる。

その悲鳴は、いつしか杏里の耳に現実の声として響き渡っていた。

人影はすぐに消え去って、目の前には泣き叫ぶ女と、腰を抜かす連れの二人が残るのみ。

あまりに現実離れした光景に、杏里は逆に現実へと引き戻された。

――どうして。どうしてこんなことが。

尻もちをついたままの杏里は、やけに冷静な自分に気が付き、冷めた目つきでその光景を見守っていた。何もできなかったわけではなく、何をするべきか解らなかったがゆえに。

——どうすれば——私はどうすればいいの？

泣けばいいのだろうか。

叫べばいいのだろうか。

怒ればいいのだろうか。

いっそのこと、ざまをみろと笑ってしまえばいいのか。

自分は、今しがた斬られた彼女のなんなのか？

敵なのか、味方なのか。

他人なのか、知り合いなのか。

自分は今、どこにいるのか、この状況でも杏里はそれを知る事ができず——

何の意味もなく、彼女はアスファルトの上に立ち上がる。

血と悲鳴の舞う中で、園原杏里は、ただ——立ち続ける事しかできなかった。

♂♀

チャットルーム

《聞きましたー？　今夜、とうとう来良学園の生徒が斬り裂き魔にやられたって！》
【え？　マジですか？】
［物騒ですねぇ］
《マジマジの大マジンですよー！　一年生の女子生徒だって！》
【すいません。ちょっと電話するんでＲＯＭります】
内緒モード《安心しなよ。君の彼女じゃないらしい》
内緒モード【あ……どうも。でも、一応心配なんで】
［んー、どの辺か解りますか？］
《えっと、南池袋の、都電の雑司ヶ谷駅から少し離れたとこですけど》
《あの辺りにいけば、まだパトカーとか集まってるからすぐわかると思いますよ》
［そうですか……。あ、すいません。ちょっと落ちますね］
《やっだー！　セットンさん、野次馬ですかー？》

［いや、そんなんじゃないですよ］
［とりあえず、またー］

――セットンさんが退室されました――

《あー。もう！》
【すいません、私もちょっと落ちます】
《えー、電話、つながったんですか？》
【それが、今警察だとかなんとか……現場を目撃しちゃったみたいなんで……】
【ちょっと行ってきます】
《ホントですか!?》

――田中太郎さんが退室されました――

《それなら、今日会うのは無理なんじゃや》
《あ、行っちゃったか》
《じゃあ、私も落ちちゃおっかなー》

――罪歌さんが入室されました――

〔かた〕

《おや？》

〔今日〕

〔斬た〕

《あーッ、昨日も来てた荒らしの人ですねー！　ダメですよ！　プンプン！》

〔斬るた〕

〔斬るッた〕

〔斬った〕

《もう、そもそもどうやってここのアドレス探したんですか？》

〔違た〕

〔違〕

〔弱い、違う、支配、できない〕

〔愛、足りない、愛〕

《なんか、他の池袋関係の掲示板も荒らしてるでしょ、あなた》

〔愛、したい、人間〕

〈斬った、だけど、違った、足りない〉

《えいッ》

《……強制アク禁しちゃいました。テヘッ☆》

《これで安心ですね。それじゃー》

――甘楽さんが退室されました――

――現在、チャットルームには誰もいません――

――現在、チャットルームには誰もいません――

――現在、チャットルームには誰もいません――

――現在、チャットルームには誰もいません――

――現在、チャットルームには誰もいません――

――現在、チャットルームには誰もいません――

――罪歌さんが入室されました――

〈もっと〉

｛もっと、強い｝
｛強い、愛、望む｝
｛望む、は、欲しい｝
｛もっと、強い、愛が、欲しい｝
｛愛、したい｝
｛愛した、い｝
｛愛したい、強い、人｝
｛人間、強い、誰、聞く｝
｛聞きたい、誰、強い｝
｛池袋｝
｛望み、私、母、母｝
｛母母
母母母
母母母
母母母
母母母
母母母

母母母母母}

――罪歌さんが退室されました――

――現在、チャットルームには誰もいません――

――現在、チャットルームには誰もいません――

――現在、チャットルームには誰もいません――

・・・・・

KEEP OUT
3章 池袋最凶
chapter.003 イケブクロサイキョウ
No.9.12 DRRR!!X2 RyohgoNarita

私はただ、知りたかっただけなのだ。

眉唾モノのゴシップネタばかり扱う三流雑誌記者として――というよりも、純粋な好奇心からと言った方がいいだろうか。

好奇心。

齢30を超えた私に、よもやそんな少年めいたものが残っていようとは思わなかった。あの春先に起きた首無しライダーの騒動の時でさえ、ここまでの気持ちは湧き上がらなかった。あんなものはオカルト雑誌か暴走族御用達の雑誌の範疇だと思っていたからだ。もちろん、私の雑誌でもそういう事は扱うが――専門の雑誌の連中には敵わない。

私はただ、この東京という場所で起きた事件を面白おかしく書くだけだ。私の書きたいものはそれで十分だし、読者もそこそこ満足してくれている。

しかし――編集長から池袋特集のテーマとして告げられたその単語は、私の年をいささか若返らせたようだ。

【最強】

……最強……そう、『最強』だ。

ただ単純に、最強、という言葉がある。

言葉通り受け取れば、それはつまり最も強いという事に他ならない。

陳腐であるが、力のある言葉。

いや……陳腐であるからこそ、かえって単純に心に響き易いのかもしれない。——『愛』や『自由』といった言葉と同じように。

そして——この池袋という街で最強なのは誰か？

この問いを池袋の住民に尋ねると、実に様々な答えが返ってきた。

「あれだよあれ！　あの黒いバイクに乗った奴……！」

「さあ……その辺のヤーさんなんじゃないっすか」

「やっぱサイモンだろ」

「んー……素人は知らんだろうけどさ。今は新宿に行っちまってるけど、折原臨也ってぇ奴がいてな……」

「ダメダメ、今の最強はダラーズを創った奴さ」

「今、黄色いバンダナしてる奴ら、よく見かけるっしょ？」

「やっぱ官憲だよ、警官だね警官。そこの交番にいる葛原って警官はスゲーよ。もう一族全部警官でさ、子供の三人兄弟も、全員将来は警官になるって言ってる筋金入りさ」

面白い事に、『解らない』という答えは殆ど見られなかった。

私が声をかけた地元の人間や、自称事情通といった類の人間は、あやふやであれ、ハッキリとした固有名詞であれ――誰もがなんらかの形で『最強』をイメージしているという事になる。

これは実に興味深いことだった。

ならば、それぞれで最強だと思われている人物は、果たして自分ではどう思っているのだろうか。私はこの疑問を解くべく、可能な限りそうした人物達と接触を試みた。

♂♀

目出井組系　粟楠会幹部　四木氏の談話

「喧嘩の話ですか……うーん。今はもう、そういう時代じゃないってのは解りますよね？　そりゃ勿論、なめられたら終わりですから、いざ殺りあうとなったら勝つまでやりますよ。たとえ素人さんでも、向こうから売ってきた喧嘩なら、人数を集めようが、刃物を出そうが、拳銃を持ち出そうが、家族に手を出そうが……絶対に相手を潰しますよ。まあ、そうなる事は滅多に無いですけどね。こっちだって後味悪いですから」

「……誰が一番強ぃか？　……さっきも言いましたけど、我々の商売ってのは、もう誰が喧嘩強いだのどうこうじゃないんですよ。……え？　素人さんも含めて、ですか」

「……」

「……うーん」

「ここから先は、記事にしないで下さいよ」

「いえね、そりゃ、建前上は堅気に手ぇ出したりはしませんよ。ですが、さっきも言いましたけど、向こうから喧嘩を売ってきた場合は別です。……ただ、ねえ。いるんですよ。なるべく揉めたくない素人さんってのも」

「そりゃ、数を集めて得物を持てばなんとでもなりますけどね。単なる喧嘩なら……いや、一対一ならマシンガン持っても勝てるかどうかって奴はいますよ」

「え？　サイモン？　ああ、あの寿司屋ね。あいつは気のいい奴ですから揉めるって事はまずありません。まあ、喧嘩になったらそりゃ強いでしょうよ。なんせバイクをバーベルみたいに持ち上げられるなんて噂もありますから。ただ、負ける気もありませんけどね」

「でも、遠くは無いなあ。そのサイモンとつるんでる奴なんですけどね……」

「——平和島静雄」

「こいつには手を出すなって、若いもんには言ってます」

「まあ、少しでも静雄の喧嘩を見た事があるなら、解るんですけどね……かっこいい喧嘩するんですよね。……綺麗な喧嘩ってわけじゃあないんですがね。荒々しいっていうか……ゴジラ……そう、ゴジラ見て子供がかっこいいって思う感覚。あれですかね。もう、とにかく無茶な野郎でねえ」

「カッコいい奴には、なかなか喧嘩って売れないもんですよ。ちょっと離れたところで見てた方が楽しいっていうかね。向こうはこっちの商売の邪魔するわけじゃなし」

「私もね、少し憧れてはいるんですよ。あんなに好き勝手に暴れられりゃあなあ……って」

「まあ、今の話は胸にしまっといて下さい」

「……」

「ねえ、ブンヤの旦那。あなたの娘さん、今確か、高校に通ってましたよね。ええと……来良学園でしたっけ？」

「こっちも、連絡もらったときから、そちらさんの事は色々調べさせてもらったんですわ」

「そう怖い顔しなさんなって。こっちにもこっちの情報網ってのがあるんです」

「安心して下さいよ。素人さんを脅す程、腐っちゃいませんや」

「ただし——そっちが我々に喧嘩を売らなけりゃ、の話ですがね」

「記事にしないって話……よろしくお願いしますよ」

♂♀

結局、このテープに録音した事の大半は使えなくなってしまった。

前半部分は使ってもいいとの事だが……どちらにしろ、ヘイワジマシズオという男については記事には使えないだろう。結果的にその男に対する詳しい事は何も聞けなかったのだから。

もっとも、他の人間の口からその名前が出てくるのなら、話は別なのだが——

そこで私は、街の人間が話していた『サイモン』という黒人に接触をする事にした。


「ハイ、オジサン。スシ、イイヨー」

「あ、いや、個人的にお話を伺いたいと……」

「社長サン、一名、ゴアンナーイ」

私はなんとか断ろうとしたのだが、強引な勧誘に負けて、いつの間にか私は寿司屋のカウンターへと座らせられてしまっていた。

ロシア王朝の宮殿をそのまま縮小したような内装に、和風の寿司カウンターが無理矢理括り付けられている。カウンター席はまだいいが、座敷の方は大理石の外壁に畳といった、アンバランスこの上ない状態になっている。その妙なアンバランスさが寿司の価格を予想させず、なおかつ天井からは

『安心料金！　オール時価！』

という垂れ幕がぶら下がっている。

これでもかというほどシンプルなのに、複雑な心中にさせられることこの上ない。

ただでさえ経費の少ない取材なのに、これはどうやら自腹を覚悟する必要がありそうだ。

私の覚悟を余所に、この『露西亜寿司』の店主のロシア人は高いネタばかりを勧めてくる。嫌な顔を封じ込めながら根気よく話を聞くと、店主とサイモン氏はロシアの同郷だそうである。

……なぜロシアにサイモンのような黒人がいたのかはよく解らないが、今回の取材とは無関係なので詳細は次の機会に聞くことにした。

寿司をいくつか摘んだあと（味は決して悪くなかった）、客引きから店内に戻ってきたサイモンに『ヘイワジマシズオ』という人物についてたずねてみた。

「オー。シズオ。私ノマブダチヨー」

どうやら知り合いというのは間違いないようだ。ヤクザの話を聞いた時点では、もしかして伝説上の人物かなにかで、担がれていたのではないかと心配していたのだが——。

とりあえずヘイワジマ氏については後回しにして、街の喧嘩の話を切り出したのだが——

「オー、喧嘩、ヨクナイヨー。セナカとオナカ、癒着シテオショクジケンヨー。オショクジ、寿司ネ、タベル、イイヨー」

そう言いながら、勝手にウニやイクラを板前に頼み始める。

冗談じゃない。このままじゃ食い逃げする破目になるぞ。

私がサイフの中身を確認していると、事情を察したロシア人の板前が、流暢な日本語で声をかけてきた。

「お客さん……サイモンは平和主義者だから、喧嘩の話なんか駄目だよ」

「い、いや。私はただ、この辺で一番喧嘩が強い人を知りたいだけで……」

「平和島の大将の事か？　さっきあんた、自分で話してたじゃないか」

「えッ」

唐突に話が繋がった。困惑する私に、店主は更なる情報を与えてくれた。

「サイモンに平和島の事を聞いたってなにも出てこないよ。いい奴だとしか言わない。本当に平和島の事を詳しく知りたいなら――――」

♂♀

「誰から、俺の話を聞きました？」

手で将棋の駒を弄びながら、その男は表情の無い瞳で淡々と言葉を紡ぐ。

「住所まで知ってる人間は、よほどのお得意さんという事になるんですがねえ……」

想像していたよりも、遙かに若い男だった。

新宿のとある高級マンション——その一室の主としても十分に若いし、様々な裏情報を操る『情報屋』としても不自然なほどに若く、どう見ても20歳前後にしか見えない男だった。

彼の名前は折原臨也。寿司屋の大将からこの男の話を聞いたのだが、最初に事情通達の何人かが『池袋最強』という話題の際に口にしていた名前でもある。

「まあ、情報元は秘密ですから……」

寿司屋の大将の事を黙っていると、痩身の美青年は真意の読めない笑顔を浮かべ、ソファーに腰をかけながらこちらに顔を向けてきた。

私と彼との間に挟まれたテーブルには将棋盤が置かれているが、何故か王将が盤上に三つも存在しているのが印象的だった。

「情報屋に対して『情報元は秘密』ときましたか……ま、いいですけどね」

私は寿司屋の事を伏せながら、今回の取材の経緯を話し始めた。すると、驚いた事に、彼は私の記事を読んでくれているようだった。

「東京災時記、ですよね。東京で起こった妙な事件とか、チーマーとかを紹介して回る……。そういえば、次号は雑誌をあげて池袋特集とか書いてありましたね」

「ええ、それが解っているなら、お話は早いかと思いますがね」

私は話が円滑に進む予感がして、半分安心しかけていた。

だが、甘かった。

「高校生のお子さんはお元気ですか？」

「なッ……」

「粟楠会の四木さん、優しい人だったでしょう？」

「……」

その瞬間、私は全て理解した。

なんてことだ。

あのヤクザの幹部が言っていた『独自の情報網』というのは、他ならぬこの折原臨也のことだったのだ。そうとも知らず、私の情報を売った奴にノコノコ会いに来て、私はなんというマヌケなのだろう。

怒りと悔しさ、そして一抹の恐怖。

そんなものが複雑に絡み合っている自分の感情に、私はどういう表情をすればいいのか解らなくなった。

だが、眼前の情報屋は、私の事などお構い無しに、勝手に言葉を紡ぎ続ける。

「ま……いいですけどね。池袋最強、ねぇ。あの街で強い人はそれこそゴロゴロいますけど……

そうですねえ、一人だけっていうなら……。素手の喧嘩ならサイモン。何でもありなら——

——シズちゃんだなあ……やっぱり」

「シズ……ちゃん？」

「平和島静雄。今は何の仕事してるのかは知らないね。知りたくもないし」

また、同じ名前が出た。

こちらから切り出したわけではないのに、やはりこの折原臨也という男も『ヘイワジマシズオ』という名前を提示してくる。しかしながら、現段階ではどんな人間なのかさっぱり想像がつかない。

「あの……その、シズオさんっていうのは、どういう人なんですか？」

「話したくもないね。あいつの事なんて俺が知ってれば十分だ」

「いや、そこをなんとか」

「俺は奴が苦手だから奴の情報を知ろうとするけど。それだって十分不快なんだよ……」

取り付くしまも無いといった感じだったが、暫く粘った結果、不意に折原氏が妙な笑みを浮かべて見せた。

「解ったよ。俺も色々忙しいから、あいつと仲がいい奴を紹介してやる。……そんなに知りたいんだったら、あとはそいつに聞きな」

やれやれ。これでは結局、何も解らなかったのと一緒だ。わざわざ新宿くんだりまで出向いたというのに、とんだ無駄足だった。もっと食い下がっても良かったのだが、向こうはこちらの住所や娘のことまで知っているのだ。下手に相手を刺激するわけにもいかない。

とりあえず、この男が紹介する知り合いとやらに期待するしかないだろう。

……これでサイモンを紹介されたら、私はもうどうしようも無いのだが。

♂♀

『どうも。運び屋のセルティです』

……。

私は、どう反応すればいいのだろう。

目の前にいる『存在』は、私に対してＰＤＡに打たれた文字列を差し出している。

待ち合わせ場所の公園に現れたのは、全身に黒いライダースーツを纏い、個性的なヘルメットを被った奇妙な存在だった。

ヘッドライトの無いバイクに跨り、その車体はエンジンからシャフト、タイヤのホイールに至るまで全てが漆黒だ。ヘルメットの中の様子は窺い知れず、正直な話、男か女かも解らない。見た瞬間は男かと思ったが、細くしなやかな体つきを見るに、女性と言われても違和感は感じないだろう。

だが、しかし、まさか——

都市伝説の『黒バイク』と、こんなところでお目にかかれるとは思っていなかった。最強云々以上に、目の前にいるモノに対する好奇心が膨れ上がる。流石に亡霊だの怨霊だのといったオカルト的な噂は信じていない。そもそも、今はまだ日が高く昇っている。だが、彼（彼女？）の存在が少し異常なものであるという事ぐらい、畑違いの彼にも会った瞬間に理解した。

黒いバイクに跨るだけならば、パフォーマーか何か、もしくは社会に対する反抗の一種であろう。私はそう考えていた。

だが、今目の前にいるこいつは、あまりにも自然、あまりにも普通にそこに佇んでいる。まるで、自分の方が世界の常識であるかというように。そもそも『セルティ』というからには、日本人ではないのだろうか？　疑問は膨らむばかりだが、だからこその『実在する都市伝説』なのだろう。

この謎のライダーに接触したがっているマスコミ関係者は、私の知っているだけでも掃いて捨てる程にいる。それなのに、別の目的を追っていた私が接触してしまっていいのだろうか。

疑問には思ったが、私はすぐに迷いを振り払う。この商売、変に色気を出すとろくなことにならない。

「えー……はじめまして。折原さんから、あなたがシズオさんの知り合いだと聞いて紹介していただいたのですが……」

　私が声をかけると、セルティ氏は恐ろしい指裁きでPDAのキーを押していく。一瞬、指から影のようなものが滲み出て、指と並んでキーを押していたようにも見えたが——おそらく気のせいだろう。色気を出すな。今は目の前の仕事に集中しろ。俺。

『ああ、平和島静雄ね。うん、気の許せる友達ですよ。私にとってはね』

「はあ」

『ただ、怒らせると怖いかな』

　いいぞ、上手く話が繋がった。

　私は逸る気持ちを抑えつつ、冷静に話の中心に踏み込んだ。

「そうですか……実はですね、この街で喧嘩NO・1は誰なのかって、そういう企画を立てて取材しておりまして」

『あー、あなたのところの雑誌、そういうの好きですよね。前も暴走族ランキングとかやって、ランキング外にされた奴らから、ビルに火炎瓶とか投げられてませんでしたっけ?』

「あれは私の担当ではないので……。ともあれ、街の人の中には、あなたが最強なんじゃないかって人もいるんですが……?」

　そう尋ねると、セルティ氏は一瞬沈黙し——肩をカクカクと震わせる。ヘルメットの動きと合わせて、どうやら笑っているようだ。

『まさか！　そんなこと言う人は、私のこの格好とかにビビってるだけです』

さらに一瞬の間をおいて、ＰＤＡに確信を持って文章を打ち込んでいく。

『私より――静雄の方がずっと強い。純粋な喧嘩であいつに勝てる奴なんて、この街にはいないんじゃないかな？』

「……そんなに、ですか？」

『ああ、あいつは強い強い。感動的なぐらいヤバい。なんて言うのかな、喧嘩とか格闘技じゃなくて、生きてる世界が違うっていうか……私は、あいつが狼男とか竜人とか言われても納得するね。……あ、宇宙人はちょっと嫌だな。リトルグレイ、トラウマなんだよね』

会話とまったく遜色ない速度で文章を紡ぐセルティ氏。心なしか、文章が嬉しそうだ。まるで、平和島静雄という友人の強さを自慢しているかのようだ。

『格闘技をやってるとか、そういうんじゃない。どんなに鍛えた奴でも、拳銃で撃たれりゃおしまいだ。なんて言ったらいいのかな……』

少しだけ迷った後、セルティ氏は文字のフォントを拡大して、次のように書き込んだ。

『そう、あいつの強さは――拳銃の強さだ。比べること事態がナンセンスなんだ』

その後、いくつかの会話を繰り返し、ようやく平和島氏の職場を知ることができた。

ひととおり取材が終わった事を確認し、私はつい、気を緩めてしまった。

色気を出してしまったのだ。

「あの……」

『なんですか？』

「これは、取材ではなく、単なる好奇心なんですが……あなたは一体、何者なんですか？　あの……よろしければ、ヘルメットの下を見せていただいてよろしいでしょうか？」

別に正体を暴いて通報したり糾弾しようとしたわけではない。単純な好奇心と、少なくとも相手の性別や年齢ぐらいは知っておきたかったのだ。まさかオカルト番組の噂のように、本当に首が無いということもあるまい。

「いえ、お気に障ったら申し訳ない。ですが、どうしても気になって……」

私が恐る恐る尋ねると、セルティ氏はなんの躊躇いも無くＰＤＡに指を這わせた。

『いいですよ。何者かっていうのは、ヘルメットを取れば答えが出ますから。それに――私の正体を知ったところで、雑誌の記事には書けない……いや、人に言うことすらできないと思いますから』

「は？」

それはどういう意味ですか――そう尋ねようとする前に、彼女は自らのヘルメットに手をかけ――

走り去った『影』を見つめながら、腰を抜かして動けなくなった私は思う。

セルティ氏は、きっと手品師なんだ。

そんな筈はないと思いながらも、私は必死で自分を納得させた。

ちょっと好奇心に負けたらこの始末だ。

だから、この仕事は色気を出してはいけないのだ……。

♂♀

自分に嘘を信じ込ませた私は、その後も色々な人間にインタビューをとった。

黄色いバンダナを巻いているカラーギャング。『黄巾賊』というそのままのチーム名らしいが、去年の中ごろから都内で勢力を伸ばしているチームだ。カラーギャングなど殆ど絶滅したかと思っていた矢先に増え始め、都内の各地に静かな威圧感を振りまいている。とくに犯罪行為や抗争を起こしているわけではないので強くは取り締まれないようだが、『カラーギャング』という言葉が頭に染み付いている人々から見れば、存在するだけで十分な脅威となる。

『いまどきカラーギャングかよ』などと口で言う者でも、実際に数十人の『同色』が街を歩いているのを見ると、その威圧感に圧倒されるのが殆どだ。かといって、口だけではなく実際に喧嘩を売るのも賢いとはいえないが。

　粟楠会の四木氏に聞いた話だが、特に『黄巾賊』とどこかの暴力団組織が利益関係にあるということはないらしい。商売の邪魔をしているわけでも、傘下の暴走族などと揉め事を起こしているわけでもないので特別気に留めてはいないそうだ。

　私は彼らの一人と接触し、幹部の一人を紹介してもらう事に成功した。

　そこで聞いた話は——端的に言うならば、今までと結果は同じだった。

「俺らは別にどことも揉めてませんよ。ただいるだけ……中のいい奴同士がつるんでるだけですから。ああ、ただ——黄巾賊って名前をつけた『将軍』……俺ら、トップのことを将軍って呼ばなきゃいけないんですよ。トップの人間がそろって三国志の漫画とか好きだから……。ああすんません。話が脱線したっすね。まー、ぶっちゃけると、人数なら『ダラーズ』にだって負けないって自信はありますけどね、黄巾賊の『将軍』は、絶対に手を出しちゃいけない人間が二人いるって口をすっぱくして言ってますから。一人は、『話に乗っちゃいけない』って意味で、折原臨也って奴で……」

　折原氏の名前が出てきた事は少し意外に感じたが、その後に続いたのは、半分予想していた通りの言葉だった。

「もう一人……平和島静雄っていう、バーテン服でグラサンかけた奴には絶対近づくなって……。俺も、一回だけあの静雄って奴が揉めてんの見たことあっけど、マジで化けモンだわ、ありゃー」

そして、『ダラーズ』と呼ばれる謎の組織の関係者にも証言を得ることができた。

「うちらは別に、池袋ででかい顔したいわけじゃないから……それに、でかい顔したくても、チームカラーが無いから証拠が無いんですよね」

ダラーズというのは、どうやら最強という言葉には興味も縁も無いらしい。そう思って早々に取材を切り上げようとしたら——最後に、とんでもない爆弾発言をしてくれた。

「あ、ただ！　一個だけ、でかい顔できますよ！　うちのダラーズ、静雄さんっていう鬼みてえに強い人がいて！　サイモンとか臨也さんとか、あの黒バイクだってダラーズの仲間なんですよ！　マジで！　凄いっしょ!?」

まさか。

私は一笑に付そうとしたが、サイモン、臨也、黒バイク——そして静雄。

この四人に繋がりがあることは事実なので、私は否定をする事ができず、さりとて肯定する気も起こらずに、早々にそのインタビューを打ち切った。

雑誌社のつてから、自称・警察関係者に話を聞くこともできた。

どうやら警察官ではないらしいが、ならばどういう関係者なのだろうか。尋ねてみたが、それは機密だということで教えてはもらえなかった。まあ、おそらくは備品の納品業者のなれの果てか何かだろう。

「最近の池袋の子供達は本当に問題児ばかりでね……ダラーズだの黄巾賊だの……どうにもこうにもありませんよ。おまけに最近じゃ斬り裂き魔だの黒バイクだの……まあ、臨也が池袋にいたころよりはましか……いや、こっちの話です。とにかく、暴力団や外資系マフィアの連中に目を光らせなきゃならんのに、変質者や子供の相手もしなくちゃいけませんからね。現職警官の皆さんも、苦労は耐えませんよ」

自称警察関係者の愚痴に興味がないわけではなかったが、私はそれよりも取材の方を優先することにした。

「一番の問題児……ですか？　斬り裂き魔とかは除いて？　うーん……犯罪という面じゃ、そりゃダントツに折原臨也でしょう。ですが――一番手を焼いたのは、平和島静雄ですかね」

男は折原についての話から始めようとしていたが、私が既に折原と会った事があると言うと、話が早いとばかりに静雄の『武勇伝』を語り始めた。

「一度、その折原臨也を警察が追ってた時期がありましてね……共犯者として静雄の名前があがったんです。まあ、お恥ずかしい話……当時の担当者が嵌められたんですよ。冤罪で。それでも当時未成年だった奴を連行しようって事になって……結局冤罪は証明されたんですが、結果として公務執行妨害と器物破損でしょっぴかれたらしいですな」

「器物破損？」

「私も大げさな話だと思うんですけどね……抵抗に抵抗を重ねるうちに、何を壊したと思います？」

「さあ……自転車とか、パトカーのガラスを割ったとかですか？」

「自動販売機ですよ」

？？？

その話を聞いて、いささか拍子抜けしてしまった。自動販売機なら、そこらへんの中学生だってバットで壊したりしているではないか。大げさに語られてはきたが、結局はその程度のチンピラなのだろうか。

だが――次の言葉を聴いた瞬間、私は言葉を完全に失うこととなった。

「投げたんですよ」

「は？」

「自動販売機を――ぶん投げたんですよ。パトカーに向かって！」

♂♀

面白い。

実に面白い。

街で「池袋で一番強い人間は？」と聞いた時には、それぞれバラバラな答えが返ってきた。

しかし、その『強い人間』と言われた人物達に同じ問いをすると、誰も彼もが同じ人物のことを語り出すのだ。

平和島静雄。

話を全て真実とするならば、これほど名前負けしている人物も少ないだろう。話を総合する限り、『平和』も『静』もはるか太平洋の彼方という雰囲気だ。

それにしても、事情通と呼ばれる人間達は、これだけ噂になっている静雄の事を知らなかったとでもいうのだろうか？　私はそれが気になって、最初にインタビューした何人かに静雄のことを尋ねかけた。

結果として――それぞれの『事情通』から、同じ答えが返ってきた。

「関わりたくなかった」

と、ただ一言。

そんな怪物に、私は今、直接会おうとしている。

私の中にいる少年の膝が、期待で強く震えているのが解った。だが、大人としての自分は——正直、恐怖で震えている。

不思議な感覚で、私はとある小さなビルの前に立っていた。テナントの出入りが激しそうなビルで、外には何の看板もつけられてはいなかった。

「おっさんかい、静雄に会いてえってのは」

ビルの中から、一人の男が現れた。日焼けした肌にドレッドヘアーがよく似合う男で、顔だけ見ればどこかのホストのような雰囲気もある。服装は通常のストリート系ファッションで、なんの職業についているのかはよく解らなかった。

「あいつなら、上にいるから呼べば来るけどよ……。ぜってー怒らせんなよ」

「はあ……」

どうみても日本人なのに、男は田中トムと名乗った。どうやら静雄の現在の仕事の上司らしく、詳しく話を聞いてみると、どうやら出会い系サイトの料金の取立てを行っているようだ。

そのサイトが合法なのか非合法なのかはあえて聞かないことにした。普段ならば興味を持って突っ込んでいるところだが、今は平和島静雄に対する興味の方が上回っていたからだ。

色気を出すとろくなことがない。それは十分身に染みていた。

「いいか、ぜってー怒らせるなよ。マジでうぜー事になっから」

トム氏は、しきりに同じ言葉を繰り返す。

私だって、今まで様々な人間から話を聞いて、平和島という男がどんなに危険な存在か知っている。それなのに何度も同じ事を繰り返されると、まるで私がバカみたいな気になってくるではないか。

「一つ忠告しとくけどな……喋るな。最初に聞きたい事だけ言って、あとは静雄の話を馬鹿みたいな面して聞いてりゃいい。それで最後に『ありがとうございました』って言えば、さすがにあいつが怒ることもねえだろうしな」

何を言っているのだ。

喋らなければ取材にならないではないか。相手の言葉尻を捉えて、その矛盾を突き崩していくことがインタビュアーの本懐だろう。それに、私は初対面の相手を怒らせるようなヘマはしない。……折原臨也が不機嫌だった事については、平和島静雄と犬猿の仲であるから仕方の無いことだったのだ。私がヘマをしたせいではない。

目の前の男にそう言ってやりたかったが、ここは我慢するより仕方がない。

第一、この男もこの男で、喧嘩はかなり強そうだ。多少のことで下手な揉め事は起こさない方がいいだろう……。

そんな事を考えてる間に、トム氏はビルの中へと消えていってしまった。

さあ、いよいよだ。

今から私が会うのは、この池袋という町で喧嘩が一番強い。ただそれだけの称号しか持たない男だ。公的な記録があるわけでもないし、それで金を稼いでいるわけでもない。

いい年をして喧嘩自慢など、現代の日本では何の得にもならないだろう。腕に自信があるならば格闘家になれば——自信に見合った実力があれば、金と名声を得る事ができる時代だ。

だが、平和島静雄という男は単なる課金サイトの取立て人だ。

社会から見れば、とりたてて褒めるところもない存在だろう。

だが、私の中の子供が好奇心でもう三日も寝不足だ。

私の中の本能が、激しく心臓を打ち鳴らしているのもわかる。

果たしてこれは、期待なのか、恐怖によるものなのか——

「あの」

出会えば、きっと全てが判るだろう。

「どうも……平和島ですけど」

ん？

自分の興奮をなだめるのに夢中になっていた私は、いつのまにか目の前に人が立っている事に気付かなかった。

眼前の青年は、線が細く、おとなしそうな顔に高級ブランドのサングラスをかけている。そして、ぼけっと突っ立っていた私に向かって平和島と名乗り——

——ん？

——平和島？

「平和島……静雄さん？」

困惑する私の問いに、青年は無表情のままで頷いた。

なっ……。

私は一瞬、状況を信じることができなかった。

これが？

この男が——池袋最強？　池袋で……一番恐ろしい男だって？

恥ずかしい話だが——私は、頭の中で勝手に『平和島静雄』という怪物を具現化させていた。鋼のような筋肉をタイヤのように太く厚く身体にまとい、顔は映画に出てくる殺し屋のような氷の表情、そして生々しい傷跡。そして、体中に広がる竜を象ったタトゥー……。

私の想像と一致しているのは、せいぜい長身であることぐらいだ。大人しそうな目の色を覆い隠すサングラスは全然この男に似合っておらず、無理に外見を飾ろうとしているようにしか思えない。

イメージと多少の食い違いは覚悟していたが、ここまでくると、今まで私が聞いた話の方が何か間違っているのではないかとすら思えてきた。

ヤクザが喧嘩を避けるようには見えないし、どう見ても自動販売機を投げる事などできそうにない。

人は見かけによらない、という言葉があるが、それにしたって限度があるだろう。

もしかして私は、担がれていたのだろうか。

ヤクザの四木か誰かの差し金で、あの寿司屋も情報屋も警察関係者もみんなグルで、私をだまそうとしているのでは……？

いや、しかしあのカラーギャング達は私が偶然声をかけた相手だ。いくらなんでもそこまで仕込むという事はありえないだろう。

ならば、目の前の男が同姓同名の別人なのだろうか？

しかし、黒バイクに紹介されたのは確かにこのビルの事務所だ。

すると、一体何が違うというのだ？

一体なにが……どこで間違えた？

やはり目の前の男は爪を隠しているだけなのか？

……それも違うだろう。私も今まで色々な人間を見てきたが、嘘をついていたり実力を隠したりしているのならばすぐに解る。しかし、目の前の男は心の底から大人しそうだ。嘘をついていたり、私を警戒しているということは無いだろう。

どういうことだ。

どういうことなんだ。

もしかして、格闘技か？　技か、技なのか？

細身に見えるが、実は合気道の達人か何かで——いや、違うな。

人間は相手の力を利用して投げられても、自動販売機を投げるのは無理な気がする。

これは困った事になった。仮に私がこの男が最強だとデッチあげた記事を書いたとして、実際にこの男を見られれば私は単なる大嘘つきと化してしまう。

……こうなれば、目の前の男には何か隠されたパワーがあって、今はそれを封印していると思うしかあるまい。そんな馬鹿な話はないだろうが、そうでも思わなければインタビューなどとてもできる気分ではなかった。

そうだ、ならばその隠された力、私が引き出してやろうじゃないか。

半分自棄になっていた私は、表面上の興奮を抑えたままで相手に話を切り出した。最初はどこか喫茶店にでも移動して……と思ったのだが、今はそうして相手に気を使う余裕など無い。

「ええと……あのですね、静雄さんに二、三伺いたい事がありまして……」

「はあ」

気の抜けた返事だ。

本当に喧嘩強いのか？

ぶっちゃけた話、私でも勝てそうだ。いままで取材中に危険な目にあったことは何度もある。ぼったくりバーの取材をしていた時、チンピラに直接的に脅された事もあるし、外資系マフィアに囲まれた事だってある。

喧嘩の実力とは無関係だが、修羅場なら私だってくぐっているのだ。気合なら負けはしない。

「街の噂を色々と耳にしたんですが……静雄さんは……喧嘩とか揉め事には、よく関わられるんですか？」

「いえ……？」

——なんでそんなことを聞かれるんだろう。

そんな表情だった。

「本当ですか？」

「……暴力とか、そういうの嫌いっすから」

やれやれ、これはどうやら本格的に『ハズレ』だろうか？

私の中の少年が眠りについた。

人間としての本能も、もはや目の前の青年に何の恐怖も期待も感じていない。

私は早々に話を切り上げようとして、淡々と質問だけを繰り返すことにした。

「最近の街をどう思います？」

「別に……いい街だと思いますよ」

「あの、噂の『黒バイク』とは知り合いだそうですが？」

「ああ……セルティはいい奴ですよ」

むう……やはり、この男が黒バイクの言っていた男で間違いないようだ。

だが、あの黒バイクは確かにこの男が池袋最強だと言っていたのだが……。

その辺りを詳しく聞こうとした瞬間——目の前の男が、くるりと踵を返してビルの中に戻ろうとするではないか。

「ちょ、ちょっと、どこに……」

「……もう、質問終わりでしょう？」

「は？」

「最初、『二、三質問がある』って言ったじゃないですか……。もう、三つ質問は終わりましたし、俺の方からは何も言うこと無いですから」

……おいおい。

こいつは一体何を言っているのだ。

あんな物のたとえで……これが今噂のマニュアル人間って奴か。

なんにせよ、これでは埒があかない。

私はなんとか話を引き伸ばそうと思い、相手を少し挑発してみることにした。

「ちょっと。じゃああと一つだけお願いしますよ。前に警察ともめた時、自販機を投げたって噂があるんだけどさ……ぶっちゃけた話、それは嘘でしょう?」

「……」

「結局あんたは臨也にはめられて――――――――――」

飛んだ。

飛んだ?

……何が飛んだんだ?

何が飛んだのか、最初は理解できなかった。

平和島静雄が突然振り返ったかと思うと、突然凄い勢いで飛んでいったのだ。

どこに? 上? 前?

違う。下に飛んでいったんだ。

視界の全てがスローモーションに見える。

ああ、なんだ。よく見ると飛んで行くのは平和島静雄だけではない。

彼の出てきたビルも、その地盤であるアスファルトも、周囲を取りまいていた空気も――

解っている。

即座に理解はできたが、認めたくない。

本当に飛んだのは私の方だ。

更に言うならば、意識もどこか遠くへ飛びかけた。

背中に衝撃が走り、自分が地面に叩きつけられたと理解する。

「……ッ！　あッ！　ぁあガっ……ガッ……」

激痛を伴った痺れが全身を支配した瞬間、私は情けない声をあげながら、自分の身に何が起こったのかを考えた。

平和島静雄が振り返った瞬間、ものすごい衝撃が私の喉を捉え、次の瞬間にはもう私は宙に舞っていたのだ。

カタパルト式のジェットコースターが、後ろ向きに発射したような勢いだった。そのわずかな瞬間に感じたものは——平和島静雄の腕の筋肉だったような気がする。

だが——あれは本当に筋肉だったのか？

まるで、ダンプカーのタイヤが細くなって首に絡みついたのかと思った。

しなやかさを保ったままで、厚く強く密集された繊維の束。冷静に考えればそう形容するのがいいだろうか。だが、ぶつかった瞬間はそんな事を分析する余裕は無く——ただ、瞬間的な恐怖が体中を包み込んでいた。

——首が千切れる。

本当に、そう感じたのだ。死神のカマを突きつけられたら、首が切れると思うのだろうが――私はあの瞬間、『あ、俺、千切れる、千切れる！』と感じてしまったのだ。重い衝撃と、その後に飛ばされるまで受けた遠心力のせいだろう。

ラリアット。

どうやら私は、プロレスの定番である、あの技を食らったらしい。

テレビなどで見ていると、パンチやジャーマンスープレックスと比べてダメージが少ないように感じる人もいるだろう。あれで派手にダメージを受けているのを見て、八百長だなどと言う者もいるかもしれない。

だが、それは大きな間違いだ。以前スポーツ面の記者の取材に同行して、プロレスラーに軽く技をかけてもらった事があったが――私はなるべく痛くない方がいいと思い、『ラリアットでお願いします』と言ってしまったのだ。

おそらく、あのレスラーは半分の力も出していなかっただろう。それでも、私はあっさりとリングに叩きつけられて昏倒してしまった。叩きつけられたダメージよりも、腕が接触した瞬間の方が遥かに強烈だった事を記憶している。

たった今自分が食らったのがラリアットであることを理解できたのは、そうした経験があったからかもしれない。

……だが、納得できない事が一つある。

目の前の細身の男が——どうして自分を宙に浮かせるほどのラリアットがうてるのだ？　どう見積もっても、プロレスラーの半分ほどの幅しかないあの男が！

痙攣(けいれん)しかける肺を必死で抑(おさ)えながら、私は自分に近づいてくる影を確認した。

くそ、目がぼやける。視界が定まらない。

おそらく平和島静雄(へいわじましずお)であろう影は、私を見下すように立ちながら、静かな声で言葉を紡(つむ)ぐ。

「俺が立ち去ろうとしたのは」

確かに静かな声ではあったが——恐ろしくぞっとする声だった。

氷のような声、というのがある。先日会った、あの臨也(いざや)という男の声がまさしくその部類に入るだろう。だが、今の平和島静雄の声は、それともまた違う冷たさだ。

臨也が相手を凍(こお)らせる冷たさなら、彼のはさしずめ、凍傷(とうしょう)で火傷(やけど)を負わせる冷たさだ。……いや、凍傷などという生易(なまやさ)しいものではない。まるで液体窒素が音を立てて沸騰(ふっとう)しているように——冷たさの中に、煮えたぎる何かを内包しているような……そんな声だ。

「あんたがつまんなそうに質問すっから、ちょっと俺、キれそうになったんだよなあ」

その声は、先刻までの男と同じものだった。だが、感じる温度は確実に違う。先刻までは、温度もなにも感じさせない、本当にただの言葉に過ぎなかったのに——

「だから、あんたを殺しちまわないように、とっとと場所を後にしてたんだよ」

今の彼の言葉には、力があった。

言霊(ことだま)……とは違うだろう。喋(しゃべ)っている言葉には別段意味はない。ただ、声の色だけでここまで人に恐怖を与えられるものなのか？　私は、その事実にまた恐怖する。

ようやく衝撃(しょうげき)によるダメージから視界が回復してきた。

そして私は、目の前の男に静かに目を移す。……そこにあったのは、紛(まぎ)れも無く先ほどと同じ人間の姿だった。

同じ人間ではあったのだが――

――あれ……急に……サングラスが似合ってきたような……？

先ほどまであれほど似合わないと思っていた彼のサングラスが、今は驚く程綺麗(きれい)に顔の一部となっている。

鼻の高さや輪郭(りんかく)、髪型が変わったわけではない。表情を特別変えたわけでもない。少し先刻と違うのは、うっすらと笑顔を浮かべているところだろうか。だが、その笑顔がサングラスの印象を変えたというわけでもない。

空気。

男の纏(まと)っていた空気が変わったとでも言うのだろうか。そうとしか表現することがががががががががががががががががががガガガガがががっがががががががっががガガガがががっがががががっがががががががっがががっがががっがががががっがっがっがっがっが

「……誰が寝て言いっつった？」

襟首を摑まれて、一瞬息ができなくなっていた。ただ地面から引き起こされただけで、相手のものすごい怪力が感じ取れた。

怖い。

先ほどまで失望していた自分が、怖い実にうら怖いやましく怖い思えた。本怖い当に目怖いの前の男が怖い弱か怖いった怖いな怖いら怖い、怖い怖いどれ怖い怖いだけ幸せ怖い怖い怖い怖いだった怖いだ怖いろ怖いうか怖い怖い怖い怖い怖い怖い怖い怖い助け怖いて怖い怖い助怖いけ怖いて怖い助けて怖い怖い助けて助けて助けて助けてヤバイヤバイ助けてヤバイヤバイごめんなさいとにかくごめんなさいごめなんさいごめんなさいごめんなさい

私の身体のあちこちが、それぞれ別の悲鳴を上げ始める。

「俺をわざと怒らせようとしてたんだろ……あぁ？　俺だって馬鹿じゃねえんだ。そんぐらいは解る。だけどな。それが解ってたからって、怒らないわけじゃあーねえんだ……」

少年の好奇心が目を覚ます暇も、本能が叫びをあげる時間すらも与えられなかった。

「挑発にのって怒ったら負け？　ああ、負けでいい。負けでいいさ。この勝負、負けても俺はなんにも損はしねえからなあ？　それに、俺に勝ったお前をこれから殺すしな……」

そこまで言った瞬間——

「あぁあああぁあぁぁあぁあぁぁぁぁぁ——ッ！」

叫びをあげた。

私が、ではない。

私は怯えて声も出ない状態だ。

路地に響き渡る雄叫びをあげたのは、他ならぬ平和島静雄本人だった。

液体窒素が突然煮えたぎる油に変身して、身体の中に貯めていた怒りを全て外に吐き出しているかのようだ。

「あああァッ！　暴力は嫌いだって言ったただろうがァッ！　あァ？　俺に暴力を使わせやがって！　てめえ何様だ？　何様のつもりだ？　神か、神気取りか？　ああ？」

――そんな理不尽な――

私がそう考えるのと同時に――私は再び宙を飛んでいた。

一本背負いとか、そういう技術的な要素は何一つ無い。

野球ボールを投げるのと同じ要領で、私という人間の身体を、ただ思い切り前へと投げ飛ばしたのだ。

やったことは無いが、そこそこの力持ちならば、幼稚園児をこのように投げる事ができるだろう。だが、私は幼児の数倍の体重が――それ以前に、平和島静雄よりも体重があるかもしれないというのに――

なぜ、私はほぼ水平に飛んでいるのだ？

これがアメリカのアニメなどだったら、このまま反対側のビルの壁に叩きつけられて、人型の穴があくのだろう。そんな勢いだったが、どうもそう上手くはいかないようで——実際には数メートルほど飛んだところで、一気に地面に接触、そのままゴロゴロとアスファルトの上を転がる羽目となった。

——あ、俺、殺されるのか？

投げられた瞬間に恐怖がどこかに飛んでいき、うつぶせに倒れたまま、私は冷静にそう感じていた。

死にたくない。

だが、殺される——

冷静になって状況を分析した結果、再び私の心に恐怖が蘇ってくる。

だが、その瞬間、天から救いの声が降ってきた。

「おーい。静雄ー」

声には聞き覚えがあった。先刻私を案内してくれた、田中トムという男だ。

「……なんすか、トムさん」

「いや、お前がさっき入れてったカップ麺、そろそろ3分経つぞ」

「……まじすか」

それだけ言うと、平和島静雄は驚くほどあっさりと私を無視し、まるで何事も無かったかのようにビルの中へと去っていった。

……最初から、3分しか話すつもりが無かったってことか。

だが、そんなことはどうでもいい。

今はただ、ここにこうして生きている喜びをかみしめたかった。


少し経つと、ビルの中から田中氏が出てきて、倒れたままの私に声をかけた。

「あーあー。だから怒らすなっつったべ？　まあ、あいつは沸点も低いけど冷めるのも早いからよ。助かったなおっさん。これに懲りたら、あいつを警察に訴えようとかすんなよ？」

論理的におかしい部分はあるものの、私は男の言葉に素直に頷いた。

トム氏はそれに満足したのか、そのまま何も告げずにビルの中へと戻っていった。

一人取り残された私は、仰向けに転がり、大の字で空を仰ぐ。

道路に寝そべりたいという、さわやかな気分になったわけではない。ただ単に、全身に痛みが残っていて立ち上がれないだけだ。

完全に自分の身が安全になったことを感じながら、
瞬間的な恐怖とは、あれほどのものなのか。

外資系マフィアに囲まれた時は、もっとジワリとした、身体が内側から腐っていくような怖さだった。それでも、実際に銃や刃物で殺されることは避けられたのだが。

しかし、先刻のは、ものすごい瞬間的な恐怖だった。恐怖の爆発——道端で、すれ違った男に突然ナイフで刺されたら、あんな感覚になるのだろうか。

いや、ナイフではいささか生ぬるいだろうか。突然、日本刀で……そう、今、池袋で流行っている通り魔事件の被害者は、私と同じような恐怖を味わっていたかもしれない。

そして、その恐怖が過ぎ去った今——


私は、何で自分が記者になりたかったのか思い出した。

独り占めしたかったからだ。

誰よりも誰よりも凄い情報を自分の力で手に入れ、それを自らの手で世間に知らしめる。そうすることによって、その『真実』は確実に私のものとなるのだ。

その快感を味わいたい為に記者になったのだが、結婚して娘を育てて以来、どうやらその煮えたぎる情熱を冷めさせてしまっていたようだ。

だが、蘇った。

ここで、その思いが全て蘇った。

たったいま味わった恐怖によって、完全に蘇ったのだ。

凄い。

凄いな。
少しでも疑った自分はなんとマヌケなのだろう。
だが、そのマヌケさのお陰で、私は出会えたのだ。
『記事』というものに出会えたのだ！
心の中で好奇心を叫んでいた少年はもう死んだ。たった今、死んだ。
代わりに、今、大人の私がこう叫んでいるのだ。
『書け！』
『手に入れろ！』
『真実を捏造してでも、全ての事実を手に入れろ！』
『あの男から受けた恐怖を、自分の力に変えろ！』
『そうだ、俺は得をしたんだ』
『恐怖と痛み、その経験を通して、俺は確かに見つけたのだ！』
叫んでも叫んでも、心の中には新しい言葉が溢れ返ってとまらない。
……あの恐怖を、世にしらしめたい。
平和島静雄を、記事に描きたい。
この私の手で、この私の手でだ！

あの、平和島静雄という男を、あの男の持つ異質性の全てを、余す事無く自分の物にしたい。

そうだ。

私は乗り越えるんだ。

恐怖を乗り越えて、あの男の全てを調べ上げて、その『最強』を高らかに高らかに世に知らしめる。それが、私に与えられた使命だ。——いや、様々な要因が重なって出会えた事を考えると、天命と言い換えてもいいかもしれない。

彼に関する様々な噂が嘘でもかまわない。

私が味わった一瞬の恐怖だけは、永遠に真実なのだから！　もしも彼が最強じゃないといってもかまわない。私の記事で本当の最強にしてやる！

そうだ！　こんなところで寝ている場合じゃないぞ。

私は即座に立ち上がり、先刻の恐怖を克服すべく——いや、先刻の恐怖を、自分自身の力とするための一歩を踏み出した。

ああ、そうだ。俺は記者だ。

あの男の嗜好や交友関係……なぜあの細身であの怪力が出せるのか？　そんなことを手初めに、全てを調べ上げて、白日の下に晒してみせる！　過去から、現在、未来まで全てを、全てをだ！

この記事が書ければ、きっと全てが上手くいくようになる。ギクシャクしていた娘との関係もきっとよくなる。女房ともやり直せるさ。昔みたいに、きっと――

私はあの平和島静雄という男を最高の記事にすべく、不倶戴天の決意と共に拳を握り締めた。

力強く、力強く――

♂♀

同日深夜――チャットルーム

《知ってますか！　今日の通り魔の被害者、あの『東京ウォリアー』で、東京災時記の記事書いてた人らしいですよ！》
【へー。雑誌の記者さんなんですか】
［……え、本当ですか？］
《もー、私が嘘ついたことなんてありましたッ？》
［無事なんですか？］
《なんかなんかー、意識不明の重体らしいですよ！　よくわかりませんけど、刺し傷以外にも、なんだか体中に擦り傷があったって。でも、その傷はもうかさぶたになってたから、きっと昼ごろに受けた傷だろうって話ですよ！》

［そうですかー］
【？　知り合いなんですか？】
［あ、いや……その記事のファンだったんですよー］
【へえー。今度読んでみようかな……】
【それにしても、最近本当に通り魔怖いですよね】
《ほんとです！　怖くて外を歩けません！》
［うーん。警察にはがんばって欲しいですよねぇ］

——罪歌さんが入室されました——

《キタ————ッ！》
［あ］
【あれ？】
〔斬った〕
〔今日、斬った〕
《斬りたいのはこっちだってんですよ！　もー！》
【なんなんですか？　一体……。ログで見かけましたけど】

《ここんとこ、池袋関係の掲示板やチャットを荒らしてる奴です！》
［罪歌さん、ばんわー］
〔人、斬った。でも、まだ、駄目〕
《無駄ですよセットンさん。こっちのレスには反応しないんですぅー》
［プログラムかなんかですかねー］
〔もっと、愛さないと〕
《そうかもしれません》
〔強い人、好き。だから。強い人、愛したい〕
【なんだか不気味ですねぇ】
《でも、前よりも少し、文章がまともになってるような……》
【アクセス禁止とかできないんですか？】
《んー。やってますよ……でも、駄目なんです》
〔もっと、斬らないと〕
［あ、そうなんですか？］
《リモートホスト単位でアク禁にしてるんですけど、すぐに別のホストから入ってくるんです》
【？　プロキシですか？】
〔近づかないと〕

《んー、串でもなさそうなんですよねー》
《ただ、共通してるのは、全部池袋周辺のホストから接続してます》
《だから、犯人がこの辺に住んでる奴って可能性は高いと思います》
《もしかしたら、漫画喫茶をハシゴとかしてるのかも》
｛強い人に｝
「他のとこも対応に苦慮してるみたいですねえ」
【……でも、人を斬ったのなんだのって……】
《……あ、太郎さんもそう思います？》
【通り魔だったりして】
《あはははは。それナイス》
「……でも、そう考えたくもなりますよ。どう見ても異常ですもん、これ」
｛斬る続ける｝
【斬る続けるって】
｛強く、なる｝
「……本当に、斬り裂き魔と関係あるような」
《そう言えば……私が新しい被害者が出たっていう日に必ず出てますよね》
【必ずっても、まだ二回じゃないですか】

《じゃあ、やっぱり妖刀ですよ！　妖刀がキーボードをカタカタ打ってるんですよ！》
［化け物はネットなんかやらないでしょー］
《やだなあ、セットンさん！　呪いのメールとか知らないんですかー？》
［いや、知ってるんですかって言われても……］
〈もっともっともっともっともっともっともっともっと〉
【でもこれ、落ち着くまでいったんチャットから退室しといたほうがいいんですかね】
《あ、大丈夫ですよ。いつもどおりなら、そろそろ退室すると思いますから》
〈最後に、近づく、斬る、私、愛する〉
〈目的、見つけた、愛する、見つけた〉
［だといいですけど］
〈静雄〉
〈平和島〉
〈平和島、静雄〉
〈平和島平和島平和島平和島平和島平和島平和島平和島平和島〉
〈静雄静雄静雄静雄平和島平和島平和島平和島平和島静雄静雄静雄〉
〈愛する静雄斬る平和島私が平和島に斬る静雄愛する〉
〈愛の為に愛の為に愛の為に愛の為に愛の為に愛の為に〉

【え？　静雄さんの知り合いなんですか!?】
〔静雄、静雄、静雄〕
内緒モード【……臨也さん】
内緒モード《……言いたい事はわかるけど、こっちが聞きたいなあ》
〔母〕
〔母の望み、それ、私の望み、同じ〕
〔母が人を愛するから、私も愛する〕
〔愛する愛する愛する愛する愛するその為にその為に生まれた生まれた生まされた私私我我我〕
内緒モード《チッ、シズちゃんの関係者か……？》
内緒モード《いや……シズちゃんがこんなウザい奴を生かしておくわけないか》
内緒モード【とりあえず、落ちた方がよさそうですね】
【じゃあ、一旦落ちます――】
［あ、じゃあ私もー］

――罪歌さんが退室されました――

――太郎さんが退室されました――

［ありゃ、ちょうど……］
《どっちにしろ、今日はこれで解散ですねー》
［はいなー］
［おやすー］
《おやすみなさい～》

――セットンさんが退室されました――

――甘楽(かんら)さんが退室されました――

――現在、チャットルームには誰もいません――
――現在、チャットルームには誰もいません――
――現在、チャットルームには誰もいません――

・
・
・

4章
池袋之殃
KEEP OUT
KEEP OUT
KEEP OUT
KEEP OUT
KEEP OUT
chapter.004 イケブクロ/ワザワイ
No.9.12 DRRR!!X2 RyohgoNarita

3月上旬——昼　池袋(いけぶくろ)

3月に入り、街はわずかに慌(あわただ)しさを見せ始めた。

受験が終わり始め、悲喜こもごもの表情を見せる学生達。

あるいは、決算期に追われてせわしない顔で動き回る会社員達。

職とも学業とも無縁に、いつもどおりにたむろしている若者達。

様々な人々が、寒さの薄れ始めた街中を埋め尽くしている。

しかし——近頃池袋(いけぶくろ)が慌(あわただ)しいのは、決して季節のせいだけではなかった。

そして、そんな街の中に息づく者達も——その異常を少なからず感じ取っていた。

♂♀

大通りを走る一台のバン。その後部スペースで、鋭い目つきをした若者がつぶやいた。

「……やばいよなあ」

妙に神妙な声を聞いて、同じく後部に座って本を読んでいた二人が顔を上げる。

「どしたの、ドタチン」

「なにかあったんですか、門田さんー」

一人は黒を基調とした服に身を包んだ女性で、もう一人は、白人とのハーフと思しき童顔の男だった。

門田と呼ばれた男は、窓の外を眺めながら重々しく口を開く。

「夕べ斬られた奴で、とうとう五十人超えたってよ。通り魔の犠牲者」

「うっそ、五十人斬り!? すごい！ マンガみたい！ ちょっとトキめいてきたよ？」

「すごいすねえ。そのうち漫画になりますよ。あー、でも死人が出てないから悪役としてはインパクト弱いすかねえ」

「どんな奴かな？ 刀？ 刀？ シズ様みたいのかな？ 犬連れ？ 犬連れ狼？」

「いやいや、今は文字通り子連れ狼っすよ。あー、じゃあ首無しライダーがキノってことっすかねえ？」

小説のキャラをたとえに出して、自分達の世界に入り始めた二人――狩沢と遊馬崎を見て、門田は大きなため息をついた。

「……お前らにモラルってもんを期待した俺が馬鹿だった」

あくまで他人事の二人を他所に、門田は最近の町について考える。

最初に事件が起こったのは、もう半年以上も前の話だ。

夜道を歩いていたチンピラの類が斬られたらしいが、喧嘩の類だろうという事で大したニュースにもならなかった。被害者は「日本刀で襲われた」の一点張りだったが、やがて訴えるのをあきらめたようで、結果的によくある喧嘩沙汰の一つとして処理されていた筈だ。

だが――その二ヶ月後、喧嘩とは無縁そうなサラリーマンが被害にあった事によって、事件は一気に話題性を得て、昼のワイドショーにとってそこそこの燃料となった。

決してチンピラとサラリーマンに人間的な差があったからというわけではないだろうが、マスコミとしては喧嘩の可能性が高い事件よりも、『通り魔』という単語が使える方が扱いやすいのだろう。

そして、更に時は流れ――クリスマスの夜に、一組のカップルが斬られた事と、おそらく以前の事件と同一犯だという見解が発表されてから、ワイドショーに与えられた燃料は、薪からガソリンへとレベルアップした。

被害者の誰も加害者の顔を見ていない事や、犯行が池袋という都心で行われている事から、そのミステリアスさが大きく取り沙汰された。世間に大きな謎を提示しながらも、それでもまだ社会現象にまで至らなかったのは——運がいいのか、死者が一人も出ていないという事であろうか。

だが——現在は、ガソリンどころの騒ぎではない。

燃料はニトロとなって、ワイドショーどころか夜のニュースや全国新聞、週間情報誌にいたるまで、どこもかしこも『斬り裂き魔』の話題一色と化していた。

何しろ、年明けから被害者の数は増え始め、2月の末辺りからは1日に一人という恐ろしいペースで被害が増大していたからだ。

——おまけに、マスコミはなんも言わねえが——増えてきやがったな、黄色いバンダナ。

黄色いバンダナ——カラーギャング、『黄巾賊』に所属する若者達だ。所属しているのは若い人間が多く、構成員の半分程は中学生の筈だ。昔から都内では小中学生なのにカラーギャングに所属する者が存在したが、『黄巾賊』は数年前に中学生が中心となって作ったグループの筈であり、構成員の大半は、まだ高校一年か二年といったところだろう。

しかし、学生が殆どだから安心かというとそうでもない。

数百人と言われる数はそれだけで十分脅威だし、なにより——

——ガキは、歯止めが利かない奴が多いからな。

その上、最近の子供は知識だけは豊富だ。

犯罪を犯しても罪にならない年齢を知っていて、何かを行う時は、それよりも年下の者に実行させる。黄巾賊はまだ犯罪には手を染めていないという話だが、何しろ最近また人数が増えてきている。末端の構成員は絶対チームの名前を使って何かをやらかしていることだろう。

斬り裂き魔と黄巾賊。

『ダラーズ』に所属する門田達からすれば、今後の動向を憂うには十分な存在だった。

「……なあ、お前らはなんか聞いてないのか？　斬り裂き魔の話とか、被害者の話とかよー」

そう言って振り向くと、狩沢と遊馬崎は既に門田から見て遠い世界に旅立っていた。

「だから、俺は絶対リセリナがヒロインだと思うんすよ。だってお姫様だっこっすよ？」

「いーや、絶対ウルクだって！　だって幼馴染みなんだよ？」

「ふふふ、甘いすね狩沢さん！　あの作者のことっす、絶対リセリナも幼馴染みだったんですよ」

「異世界なのに!?　……まあ、どっちにしろ私はブラドー萌えだからいいけどー」

なにやらカタカナの単語を持ち出して、熱い議論を交わしている二人。だが、門田から見れば寒い事この上ない。

「人が心底憂いに浸ってる時に、ゲームの話題で盛り上がってるんじゃねえ！」

「やだなあ、ゲームじゃないっすよ。電撃文庫の『空ノ鐘の響く惑星で』のメインヒロインは誰かという話で……もう、門田さんもファンタジーを敬遠してないで、読んでみて下さいよ！」

「ったく……お前らみたいなのが犯罪を起こしたら、絶対マスコミに叩かれるぞ。『現実とマンガの区別がつかなくなったマニアの犯行』とか言ってな」

呆れながらそう呟くと、遊馬崎がバンの中に響く大声をあげた。

「何を言うんすか門田さんッ！」

「!?」

突然の大声に驚くと、門田は目の前の仲間に目を凝らす。遊馬崎が怒ることなど滅多に無いので、面を食らってしまったというのもある。

「二次元と三次元の区別がつかなくなった？　馬鹿を言ってもらっちゃ困るっすね！　マニアって奴は、二次元と三次元の区別をつけた上で、堂々と二次元を選んでいるっすよ!?　三次元なんかゴミ箱にポイっすよ！　だから、二次元に飽きてリアル犯罪に手を出したなんてー奴はアニメマニアでもなんでもないっすね。二次元に飽きる奴なんかと一緒にして欲しくないっす！　ワイドショーや新聞にはそこのところを理解していただきたいっす！」

「そ、そうか……」

力のこめられた言葉に、門田は思わず身体を後ろに逸らす。

助け舟を求めるように狩沢を見ると、狩沢が微妙にずれた見解を述べはじめた。

「馬鹿だねーゆまっち。ワイドショーも新聞も、そんな事最初からわかった上で、わざとやってるに決まってるじゃん。だってその方が世間的にわかりやすいし売れるから。それに、犯罪起こそうが起こすまいが、風呂に何日も入らないでアニメ見てハアハアしたりしてる奴って、もうそれだけで犯罪っぽいし。きもいし」

「うう、せっかく俺らがそのイメージを払拭しようと、こんなにファッションに気を使ってるっていうのに」

「……そう思うなら、電車の中で大声でオタク系の話をするのはやめてくれ。あと、拷問のネタにマンガや小説を使うのもやめろ」

門田の冷静な突っ込みを意図的に無視しながら、遊馬崎達は無意味な会話を繰り返す。

「くそう……今度の斬り裂き魔が時代劇マニアだったら、テレビ局は当然時代劇を放映中止にしてくれんっすよね!?」

「俺は時代劇好きだから勘弁しろや……」

大きなため息をつきながら呟く門田に、遊馬崎は力強く握りこぶしを向ける。

「とにかく！　俺にとって認められる三次元の存在は、せいぜいフィギアと食玩ぐらいっすね」

「俺らの存在は認めてねぇのか？　お前……」

「ん……そうだ。夏に俺んとこに来たあの夢魔なら、三次元だけど認めてあげてもいいっすねえ。メイドさんだったし、鍛えれば二次元の女の子に変身してくれそうだし」

「ゆまっち……夢魔がどうしたって？」

「……やっぱお前、マンガと現実の区別ついてねえだろ!?」

混乱するバンの中だったが——その時突然、携帯の音が鳴り響いた。

門田のだけではない。狩沢と遊馬崎のアニメの着信音と——車内の前の方からは、運転手である渡草の携帯音も聞こえてくる。

車内の全員の携帯が同時に鳴る。

一見ホラー的な現象ではあったが、彼らはその事象の意味を知っていた。

このメンバーに、一斉にメールが送信されたのだ。

車内の人間だけではない。池袋周辺にいるある特定の人間達に、すべからく送られた筈だ。

それは、『ダラーズ』の通信なのだから。

門田は真っ先にメールの内容を確認し——きつく歯軋りをしながら、携帯を壊れんばかりに握り締めた。

「……お前ら。いよいよ他人事じゃなくなったぞ。現実に戻っとけ」

「?」

門田の表情にただならぬものを感じたのか、遊馬崎たちも自分達の携帯を確認する。

そこには、淡々とした文章で——ただ、次のように書かれていた。

【斬り裂き魔に、ダラーズのメンバーが襲われた。情報求む　情報求む　情報求む——】

幾度も繰り返される【情報求む】という端的な文字。

その単語に含まれた様々な感情を受け止めながら、門田は吐き捨てるように呟いた。

「街が——壊れはじめやがった」

♂♀

川越街道沿い　高級マンション　最上階

街で多くの人間が携帯を手にしていた頃——セルティも、自分の携帯電話に入れられたメールを確認していた。

下手な一軒家よりも広いスペースのマンション内に、セルティは相方の闇医者と二人きりで住んでいる。以前までは単なる居候だったセルティだが、去年のとある事件をきっかけに、今では晴れて（？）恋人同士の同棲生活ということになっている。

だが、今はそんなに惚気られる状況ではないようで、携帯のメールを見て、何かを考え込むようにデスクに両肘をついた。

窓から明るい光が差し込む室内で、真っ黒い影がうごめいている。不気味なことこの上ない光景を展開しながら、彼女は心中でぽつりと呟いた。

──帝人の奴、少し混乱してるのかな。

今から一年程前に出会った『ダラーズ』創始者の幼顔を思い出しながら、セルティは静かに携帯を折りたたんだ。

喋る事のできないセルティにとって、携帯電話は一見無用の長物と思えるかもしれない。だが、運び屋という仕事の都合上、移動中にメールで依頼主や新羅とやりとりできる方が遙かに便利だし、PDAのメールを立ち上げるよりも手軽な携帯電話は割と重宝している。

買うまでは『こんなもの使うか』と思っていたカメラも、意外と使用してしまっているのが現状だ。やはり手軽に状況を伝えられるのがいい。シャッター音のせいで、隠密行動には向かないが──セルティの場合、隠密性を迫られるような事は殆どと言っていいほど無かった。

そして今、セルティは何よりも携帯メールの写真を欲していた。

街を騒がせている斬り裂き魔。その現場を、犯人を、誰か一人でも写真に収めていれば──

まだ死人は出ていないという事だが、セルティはそれがいまだに信じられなかった。

自分を斬りつけてきた時、あの赤い眼の影は、確かに自分の首を刎ねた。自分が首無しだと知っている者の犯行という事も考えたが、それならば態々ヘルメットを飛ばす意味が解らない。一番しっくりできるのは、犯人はセルティを負傷させるつもりで斬りつけたが、血が全く出ないのを見て、首を刎ねてみた……という推測だろうか。

——いやまて、もしも私が義手をつけただけの人間だったらどうしていたつもりなんだ？

どちらにせよ、放っておくわけにはいかない。

セルティはそう決意すると、静かに拳を握り締める。

自分の住む池袋の町で、好き勝手な事はさせない。

ある意味、斬り裂き魔が出没するまで一番好き勝手なことをしていたのはセルティなのだが——だからこそ、自分以外の犯行が許せないのかもしれなかった。

「まあまあ、セルティ。そんなに気張る事は無いさ」

パソコンを前にため息をつくような動作をした首無し騎士に、いつの間に現れたのか、白衣の眼鏡青年が声をかけた。

『帰ってたのか』

セルティは振り返ることもなく、パソコン上に会話と遜色ない文字を打ち込んだ。

「案ずるより生むが易し。できる限りの事をやればいいよ。人事を尽くして天命を待つ。もっとも、君は人間じゃないから……デュラハン事を尽くして天命を待つ？　うーん。死を告げるデュラハンが天命を待つなんて、なんだか壮大な物語の予感がしてきたよ僕は」

『はいはい、解った解った』

新羅は堂々とセルティを人外扱いするが、セルティはそれが逆に嬉しかった。人間ではない自分を好きでいてくれる、受け入れてくれる存在がいる事が、彼女にとっては何よりも喜ぶべきことだったのだ。

新羅がセルティに告白した時、もしも「君を人間にする方法を考えよう」だの「俺の愛で君を人間にしてみせる！」などと発言していたら、おそらくセルティは彼の元を去っていたことだろう。

結果として、岸谷新羅という男は、首の存在しない、そのままのセルティを愛していた。

だからこそ——彼女も自分の気持ちに素直になる事ができたのかもしれない。

「それにしても……何かあてはあるのかい？　まさか、夜の池袋を毎日パトロールするわけにもいかないだろ？」

『まあな。ただでさえ私自身が斬り裂き魔との関連を疑われてるんだ。下手に夜の街をうろついたら、それこそ私が犯人だと告げるようなものだしな』

「斬り裂き魔か。そう聞くと、５年前の辻斬り事件を思い出すねぇ」

新羅の意味深な呟きに、セルティも数年前に近辺を騒がせた事件を思い出した。

池袋の辻斬り事件。

今回と同じように、被害者が『日本刀のようなもので斬られた』と言うが、肝心の犯人像がわからずに迷宮入りとなった事件だ。

かつて池袋が辻斬りの多い土地だった事から、呪いだのなんだのと当時も散々話題となり——事件がパタリと無くなってからは、僅か一年で人の噂にも上らなくなってしまった。

『ああ……でもあれは二～三件で終わったんだよな？』

「今と違うところは、5年前の時は人が何人か死んでる。最後の事件で、家の中に押し入った辻斬りが二人ぐらい斬ったんだっけか。他の被害者はみんな軽症ですんでたんだけど……」

『まあ、それも犯人は捕まってないんだけどな』

セルティが軽く肩をすくめていると——新羅が、唐突に妙な事を口走った。

「……罪歌」

『サイカ？』

「あ、いや。罪の歌ってかいて、サイカって読むんだけど……」

罪の歌。

セルティはその文字を画面上に打ち込むと、驚いたように新羅に向き直った。

罪歌。最近自分の入り浸っているチャットをはじめとして、池袋関連のチャットや掲示板に出没している謎の『荒らし』だ。

『知り合いなのか？　まさか、お前ってオチじゃないだろうな？』

「いやいや、俺はそんな真似はしないって。荒らすんなら知り合いのスーパークラッカーに頼んで相手を再起不能まで追い込むよ」

『そのスーパークラッカーってのは実在するのか？　というか今どきスーパーって……ギャグか？　ギャグなのか？　……まあそれはいい。その罪歌がどうした？』

新羅の冗談はこの際おいておく事にして、セルティは話の先を促した。

「いや、ネット荒らしてるじゃない。斬るとかなんとか」

『ああ、変な単語を並べてな。でも、愛するだのなんだの言っているから、関係あるかどうかは微妙だと思うけど……』

「んー……あのさ、セルティはずっと池袋にいたから、知らないかもしれないけど……」

『？』

セルティの打ち込んだクエスチョンマークを見つめ、新羅は期待を持たせるような間を空けてから口を開いた。

「罪歌ってさ、昔、新宿にあったらしいんだ、、、、、、」

『？？？』

新羅の言っている意味が解らず、セルティはパソコンの画面上にクエスチョンマークを追加した。

その様子が可愛くて仕方ないとばかりに、新羅は顔を子供のように綻ばせる。

「あったって言えばいいのか、『居た』って言えばいいのか、すごく微妙なところなんだけどね……」

『もったいぶらないで、さっさと言ってくれ』

「わかったよ、そうソワソワしながら怒らないで」

顔のないセルティの感情を正確に読み取ると、新羅は事実だけを淡々と述べた。

「罪歌っていうのはね——新宿に、実際に、本当に、確実に存在した『妖刀』らしいよ」

『……』

沈黙をわざわざパソコンに入力するセルティ。

『…………』

沈黙はまだ終わらない。どうやら、新羅の反応を待っているようだ。

「……」

だが、新羅もセルティの反応を待っているようで、部屋の中になんとも微妙な静寂が訪れた。

先に耐え切れなくなったのはセルティの方で、自分の素直な感情をキーボードに打ち込んだ。

『……はァ？』

「ハアってそんな」

『……』

「……」

再び沈黙が訪れかけ、セルティは慌てて文書を紡ぎだした。

『妖刀って……あれか？　ムラマサブレード？』

「セルティは本当にウィザードリィ大好きだね。こないだもチャットで言ってたでしょ」

『人のチャットログを覗き見するな』

「それは謝るよ。ゴメン。よしこれで解決だ！　……さて、そのチャットで甘楽って人が妖刀がどうこう話してたろ？　それで俺、昔読んだ本とか色々思い出して、調べてみたんだけどさあ……そしたら何と！　新宿に罪歌っていう妖刀が存在していたらしいんだ！」

自信満々に告げる新羅に対して、セルティは呆れたような指使いでキーを打つ。

『全然解決していないのは置いといて、妖刀って……なんだかなあ。新羅はもっと現実主義者かと思ってたよ。妖刀なんてあるわけないだろ？　現実を見ろ』

自分を否定するような発言を書き込みながら、セルティは身体を使って器用に笑ってみせた。

新羅は呆れたように首を振りながら、自分がもっともよく知る女性であるセルティの弱みをつきつける。

「おやおや……テレビのＵＦＯ特集を見て、リトルグレイの外見が怖いってガクガク震えてたのは誰だっけ？　牛が空に吸い込まれていく映像を見て、自分が吸い込まれたらどうしようとか怖がってたのは誰だっけ？」

『うッ』

「どこかのエイプリルフール番組に騙されて、俺に『知ってるか！　アポロって実は月に行ってなかったんだって！』とか嬉々として語ったのは誰だっけ？」

『う、五月蝿い五月蝿い五月蝿ーい！　ええと……その、あれだ！　妖刀よりは宇宙人の方がありえるだろ！』

苦し紛れの文章を返すが、新羅は勝ち誇ったように首を振りながら呟いた。

「なら、もしもその妖刀が、宇宙人の作ったものだったら？」

『えッ』

「秘密の宇宙テクノロジーで作られた日本刀……どうかな。意思とか持ってそうじゃない？」

『いや、それは……』

明らかにおかしい論理だとは思いながらも、セルティは反論を思いつく事ができず、また、特に反論する理由も思い浮かばなかった。

『……まあ、それなら、ありかも……』

微妙な説得のされ方で、結局セルティは妖刀の話を聞くことになった。

――でも、確かに罪歌って名前が同じなのは気になるけどね。

自分を納得させながら、新羅の紡ぐ言葉に真剣に耳を傾けることにする。

「さて、戦後まもない新宿で、この妖刀『罪歌』が血を求めて暴れていたわけだ」

『ふむふむ』

「そして、西洋の魔剣との壮絶な戦い……」

『ちょっと待てぇ！』

自分を納得させたのがものすごく無駄になったように感じ、セルティは思わず新羅の胸倉を掴みあげた。

『どこの少年漫画からパクった話だ？　ええ？』

「落ち着いてセルティ！　人間の出てこない少年漫画なんて小中学生には受けないから打ち切りだよ！　っていうかまず編集会議通らないよ！　まあ、とにかく話を最後まで聞いてくれ！」

『……話してみて』

襟首から手を離さぬまま、セルティは話の続きを促した。

「だけど、その戦いは、魔法の竹から作られたインテリジェンス竹槍によって収められて――その後『罪歌』は新宿を離れて東へ西へ……」

『……ごめん、もういい』

そのままセルティは新羅の襟首を離し、マンションの玄関へと足を向けた。

「これからがいいとこなのに」

『もういい。とりあえず、ちょっと出てくる。今日は仕事は受けないからな』

パソコンから即座にPDAへと切り替えて、打ち込んだ文章を後ろ手に新羅に見せる。

新羅は特にセルティを引きとめようともせず、けろりと話を切り替えた。どうやら、今のようなやりとりは日常茶飯事であるようだ。

「どこに行って来るの？」

『ちょっと静雄に会ってくる』

「なッ……う、浮気かいセルティ⁉ 俺になにか不満があるなら言ってくれ⁉ いや待って、ストレートに言われるとヘコムから、オブラートで三重ぐらいにくるんで言ってくれ！ 割合で言うなら7ホメ3ケナシぐらいの勢いでッ！」

『安心して。不満なんて無いよ』

大仰なセリフを惚気言葉でけろりと返しながら、セルティは玄関に足を踏み出した。

『ただ、その罪歌って奴が、ちょっと前から何度も静雄の名前を出してるんだよね。ログ見たなら知ってるだろ？ ……まあ、新羅の話はともかく、本当に斬り裂き魔に関係があるんだったら――話を聞いておいても、損はないと思ってね』

♂♀

ミチ

ブチキチ

キチ　ブキリ

音。

関節と筋肉が、壊れる音。

ギチギチ、ギチギチ、ギチミチと。

不快音が響くと共に、身体が激痛に襲われる。

少年は、ただひたすらにその地獄を耐え続けた。

地獄が、自分の怒りによって具現化すると理解していたのだから。

平和島静雄が自分の異常を理解したのは、彼が小学三年の時だった。

ほんの些細な事で弟と喧嘩した。それでカッとなった静雄は——食堂にあった、自分の身長よりも高い冷蔵庫を投げつけようとした。

もちろん当時の彼に持ち上がる筈もなかったのだが――結果として、少年の全身の筋は伸び、何箇所か関節が脱臼するという惨事になった。

異常はそれからも立て続けに起こる。

学校の教室で友達と喧嘩になった時、相手はこちらにコンパスを投げつけてきた。それも十分に恐ろしい事なのだが――静雄の行為はそれを遥かに上回っていた。正当防衛という言葉が裸足で逃げ出す程に。

9歳の細腕は、教科書の一杯に詰まった机を持ち上げ――身体を半回転させながら、思い切りそれを振り投げた。

投げられた方の少年は、まったく運がよかったとしか言いようが無い。

腕を僅かにかすりながら、巨大な質量が自分の横をすり抜ける。次の瞬間には、背後にある壁から、何かが破裂するような音が響き渡った。

足を震わせながら少年が振り返ると――そこには、教室の壁に突き刺さって、宙に浮いたようになっている机があった。

火事場の馬鹿力、という言葉がある。

人間は、全力を出していると思っても、通常それは『本当の全力』ではない。

自然に筋肉にセーブをかけて、本来よりも大幅に小さい力を『全力』として認識させる。

しかし、火事などといった危機的状況に陥ると、脳がその制御を解除する。その事によって、通常よりも強い力を発揮して、重い荷物を持ち出したり、人間を火事場から救出する事ができたり、普段は飛び越えられないような障害を乗り越える事ができたりするのだ。

そして——平和島静雄という人間には、一つの『特異点』があった。

彼は、火事場ではなくとも——常に『本当の全力』を出す事ができたのだ。

一見、大きな利点のように思えるが——実際はそんなことは欠片も無かった。

脳が全力をセーブするのは、自分の間接や筋肉を守る為だ。限界とは文字通り限界であり、そんな負荷を与えたら筋肉や骨が壊れるという事に他ならない。

そして、彼はその能力と引き換えに、『力を抑える』という事ができなかったのだ。

つまりは——何かに全力で力を込めようとすれば、筋肉がズタズタになるのもかまわずに、限界まで力を出し切ってしまうのだ。

そして、有り余る力は彼を怒りの化身へと変えた。

力が、抑えきれない筋肉の力が、怒りを覚えた時に勝手に動き出した。

圧倒的な力に操られた脳は、力を振るう事を身体に要求する。

その場で一番重い物を持ち上げろ、全てを破壊しろ、人を壊せ、人を壊せ。

結果として、静雄少年は本能に従う事にした。

破壊。

絶対的な破壊を目指し、常に自分の身体の方が先に壊れた。

壊れる体と抑えきれない力。

この二つに挟まれ、少年の心も徐々に壊れていった。

彼はいつしか、怒りを抑えるという事を忘れた。

どうせ『手加減』できないのならば、どうせ自分が壊れるのが先ならば、心も一緒に開放すればどれだけ楽になることか！

少年は、我慢を捨てた。

自分の人生をも捨てる覚悟で、自分の全てを解き放った。

結果として、彼は更に壊し続けた。

破壊の限りを尽くした。

自分自身の身体に対して。

来る日も来る日も壊れ続ける毎日。

自分の身体が壊れた事に怒りを感じ、暴れ、また己の身体を壊す。

なんとも不毛な自転車操業だった。

得るものは何も無く、ただ、破壊の痕だけが蓄積されていく。

筋肉は自己破壊を繰り返し——より強く再生しようとする前に、また破壊された。

少年は、自分が生み出した地獄の中で溺れ続けたのだ。

ひたすらにもがき、ひたすらにあがき、しかし、自分自身からは逃げられようもなく——

そして、時は流れ——

「親父も御袋も、すげえ優しかった」

サングラスの奥で眼を細めながら、静雄は静かに呟いた。

「喧嘩ばっかしてた弟だって、俺が冷蔵庫持ち上げようとして動けなくなった時、悲鳴を上げて真っ先に救急車を呼んでくれてさ、救急隊員が来るまでつきっきりで看病してくれた。……ああ、優しい家族だったよ。甘やかすって事は無かったと思うけど、俺は幸せな家庭に育ったんだと思う」

自分の過去を語る静雄に対して、隣に座るセルティは、無言のままその話に聞きいっていた。

夕暮れに包まれた南池袋公園で、バーテン服とライダースーツが肩を並べてベンチに座っている。公園には他に何人か人がいたが、その状況の異様さに、誰もそばに近づいていこうとはしなかった。

「なのに——なんでこうなった？」

自虐的な笑みを浮かべて、静雄は虚空に向かって寂しげに言葉を紡ぐ。

「俺がこうなった原因はなんだ？　少なくとも家族に問題はなかった。子供の頃にトラウマがあるわけでもないし、暴力的なアニメや漫画も見なかった。映画だって殆ど見てない。じゃあ、原因は俺か？　俺しかいないって事になるよな？」

セルティは、ただひたすらに沈黙する。かといって無視するわけでもなく、自分の影の中に静雄の心情の吐露を染み込ませているようだ。

「強くなりたいんだよ」

情けない調子だが、力強い声。

「俺が原因だってんなら、俺は自分が一番許せない。喧嘩なんかどうだっていいんだよ。ただ、俺は自分を抑える力が欲しい」

自分の正直な気持ちを淡々と語る静雄。

彼がこんな事を語るのは、セルティが無駄な反論や突っ込みを一切しないからだ。ただ、それだけではなく——長い付き合いの間柄、彼女を強く信頼しているからだという事もある。

静雄は、自分が街の誰からも恐れられている事を知っている。だからこそ、自分を恐れずに話を聞いてくれるセルティの存在が貴重なのだろう。

もしも静雄の事を全く知らない人間が相手ならば——おそらくその人間は何らかの理由で静雄を激怒させ——そして、他の者と同じように強い恐れを抱くようになるだろう。彼自身もそれは強く理解していた。

だが、理解したからといって自分が抑えられるわけではない。

長い長い時間を経て——彼の周りにいる人間は自然と限られていった。

静雄の扱い方を心得ている現在の仕事の上司。

静雄の超絶的な暴力から自己防衛することができるサイモン。

静雄とつかず離れずの関係を保つ、門田や遊馬崎達。

静雄を心底嫌うからこそ、いまだに近くにいる人間——折原臨也。

そして——静雄を怒らせる事の無い、無口な首無しライダー。

セルティが首無しライダーである事は、彼も既に知っていた。だが、別段関係ないと思っていた。これまでもヘルメット越しに話をしていただけだし、絶対に喋れないと解れば結局変わりはないのだから。

静雄の考えは至ってシンプルだ。何かの信念があってそうしているわけではないのだが、世の中をすぐに二つに分けてしまう。

ムカつく奴か、ムカつかない奴か。いつだってその二通りだ。

「悪いね、また愚痴っちゃって」

そう言ってうっすらと笑う静雄を見る限りは、どこにでもいる大人しそうな青年にすぎない。

「で、今日は俺に何の用だい？　わざわざそっちから来てくれたってことは、何か俺に用があるんだろう？」

「……」

セルティは静かにPDAを取り出して、必要最低限な言葉で情報を提示した。

街で起こっている斬り裂き事件のこと。

最近ネットで現れた罪歌という人物が、静雄の名前を出したこと。

罪歌は、斬り裂き事件と関わっているかもしれないこと。

静雄のことを色々聞いてきた記者が、斬り裂き魔の被害にあったということ。

そして——チャットで静雄の名前が出たのが、その記者が斬られた夜だということ。

全ての情報を読み終わると、静雄は片眉を眉間に寄せながら呟いた。

「なんだこりゃ。ひょっとして俺を疑ってんのか？」

静雄のストレートな問いに、セルティは静かにヘルメットを横にふった。

もしも静雄が犯人ならば、彼が日本刀を使ったというのに被害者が死なずにいられる筈が無い。静雄が通り魔を行う動機も思いつかないし、もしも静雄に闇討ちさせる程に怒らせた相手がいるならば、おそらく怒らせた時点でそいつの首は180度折れ曲がっている事だろう。

静雄は自分を抑える事ができないと言うが、あれだけの力を振るいながらも、まだ殺人を犯していないというのは奇跡的な抑制力であると思えた。

もっとも、自分が知らないだけで、本当は何人も闇に葬っているのかもしれないが。

そんな事を考えながら、セルティは更に文章を紡ぎだす。

『ダラーズのメンバーも、やられたらしい』

「ああ、知ってるよ。俺にもメールが来た」

静雄は淡々と言葉を返しながら、自分の携帯を取り出した。

「正直、協力はしてやりたいが……俺はサイモンに誘われて入っただけだしな。そこまでダラーズの連中とは深い付き合いがあるわけじゃない。……浅い付き合いだからこそ、まだ俺なんかが仲間でいられるんだろうけどさ」

静雄は自虐的に笑い、静かに夕焼け空を仰ぎ見る。

空は必要以上に赤く美しく。

「ちッ。都心の癖に田舎みてえな空しやがって。何様のつもりだ」

むちゃくちゃな事を言いながら、静雄はゆっくりと立ち上がり、その場を後にしようとした。

「まあ、悪いな。そういうわけで俺には心当たりがねえんだ。……お前もよ、ダラーズの為にそんなに肩肘はることねえんじゃねえか？　無理して怪我だけはすんなよ」

人を気遣うという珍しい事をする静雄に、セルティは静かに文章を打ち込んだ。

『ダラーズのためだけじゃないさ。私自身の敵討ちでもある』

「？」

『私もこないだ通り魔に斬られてね。首を横一線にやられたよ。私が首無しじゃなかったら死んでたところだ』

彼女としては笑い混じりで書き込んだつもりだったのだが——この一文が、後の運命を大きくわけた。

セルティの運命ではない。静雄と、この池袋自体の運命を。

「バカ野郎……」

『え？』

「お前それ先に言えよバカ！　このバカ！　バカって言う方がバカっつーけど俺はバカでいいから言わせてもらう！　バカ！　先に言えよ！　第一こんなところでのんびりしてる場合じゃないだろうがよ！」

平和島静雄が人の為に怒るのは、非常に珍しいことだった。

自分の仲間を傷つけられたことに怒っているのだから、ある意味では自分の為に怒っていると言っていいのだろうが、そんな屁理屈抜きで、彼は純粋に怒りに満ちていた。

「よし殺す。絶対殺す。確実に殺す。めらっと殺す」

『いや、ほら。私は首無しライダーだから。全然平気だから』

「いやいやいや、もうそういう問題じゃないから。刀を向けた＝万死だろ。普通は」

ただ、怒りの対象が目の前にいないので、いつものような爆発的な怒りではない。今は怒りのエネルギーを腹の中に貯めこんでいる状態だ。

「知ってるかセルティ。言葉には、力があるんだぞ？　だから俺は今、全てをぶち壊すような俺の中の衝動を『言葉』で押さえ込むことにしてるんだ」

だからこそ——セルティは恐ろしかった。

「殺す殺す殺す殺す殺す殺す殺す殺す殺す殺す殺す殺す殺す……」

　この状態がしばらく続いて、もしも目の前に斬り裂き魔が現れたら——

——多分、いや絶対に死ぬぞ。斬り裂き魔。

　おそらくは懺悔する暇すら与えられないだろう。本当に全力で静雄が人を殴ったとしたら、運が良くて頭蓋骨陥没。下手をすればそのまま首の骨が砕けて肉が千切れ——自分と同じような『首無し』になってしまう事だろう。

　もっとも、人間は首を無くすと死ぬのだが。

　セルティはこの場で犯人のことを同情しながら——すでにバイクの後部にまたがろうとしている静雄の姿を見つめていた。

『仕事は。今は休憩中だろ？』

「いいよ、そんなん」

『おいおい！　私のためにクビになるなんて事は許さないぞ。それに、まだ斬り裂き魔を探すには色々情報を集める準備が必要なんだ。とりあえず、お前の仕事が終わるまで待っててくれ。

その間に準備を済ませるから』

「……」

静雄はしばらく考えこんでいたが、やがて諦めたように呟いた。

「わかった……だが、なるべく早くしてくれよ」

小声でぶつぶつ『殺す殺す殺す殺す』と呟きながら、その合間にようやく言葉を搾り出す。

まるで、悪魔に心を乗っ取られるのに抵抗しているエクソシストのようだった。

「俺の中に今溜め込み始めた感情がよお。もう出てえ出てえって喚きだしてんだ……もしもこのままずっと放っておいたら――」

「俺は多分、自分で自分を壊しちまうだろうからよ」

♂♀

30分後――新宿
セルティが一旦静雄と別れたのには理由がある。
もちろん、相手の仕事を心配したからというのも事実ではあるのだが――その裏には、別の目的も一つ存在していた。

静雄と一緒に行動していては、決して会う事のできない相手。

情報を得るためには、絶対に会っておかなければならない男と接触する必要があったからだ。

「やあ……君から会いに来てくれるなんて嬉しいよ」

『お前に依頼された仕事の件で、先月会ったばかりだろうが』

「まあいいじゃない、あの時は殆ど世間話もできなかったんだから。……ところで、どう？　あの矢霧製薬の事件からもうすぐ一年経つけれど……『首』は見つかったかい？」

どこか皮肉めいた笑いを浮かべて、折原臨也はセルティにお茶を出した。

セルティが飲めないと解っていながら茶を出すあたり、性格の悪さは以前と全く変わっていないようだ。

『私の首のことはいいんだ。……単刀直入に言うぞ。斬り裂き魔に心当たりは』

「三枚でいいよ」

淡々と喋る臨也に対して、セルティは『質量のある影』で創ったライダースーツから、同じく影で創った財布を取り出した。中に入っている紙幣は本物であり、その中から一万円札を三枚取り出して臨也へと手渡した。

「それにしても……鎌だけじゃなくて、服も財布も『影』なんだねぇ。強い光とか当てたら、ひょっとして影が消えて素っ裸になっちゃったりするのかな？」

『見たいのか？』

セルティの挑発的な言葉に、臨也は大仰に身体をのけぞらせて、嫌らしく笑う。

「別に？ 俺はどこかの闇医者や学生みたいな変態とは違って、首無しとか首だけに欲情したりはしないからさぁ」


挑発を返すような発言をした次の瞬間——

臨也の首には、漆黒の鎌が絡み付いていた。


大鎌の先端はまるでゼンマイのように捩れ、臨也の首を中心として、刃を内側に渦巻いていた。ほんの僅かの間に、セルティは臨也の首に鎌をつきつけ、そのまま変形させたのだ。

その絶対絶命な状況に対して、臨也は笑顔を僅かに薄め、降参だとばかりにゆっくりと両手を上にあげた。

『私はいい。次に新羅を貶めたら、ただじゃ置かない。詳しく言うと——全治三日ぐらいの怪我をさせる』

「……具体的にどうも。その冷静さから言って、ハッタリじゃなさそうだね」

『新羅は確かに変質的かもしれない。だけど、あいつが変だと言うのなら、私に対してだけ変であってくれればいい。お前達にどうこう言う権利は無い』

「愛し合ってるねえ」

なおも余裕のある臨也を見て、セルティは諦めたように鎌を解いた。

解放されただけでは飽き足らないのか、臨也は首無し女に対して、なおも皮肉の言葉を投げつける。

「もしかしたら、あんたのファンはただ首の無い女が好きなだけかもしれない。他のデュラハンが現れて誘惑したら、案外コロっと心を奪われるかもしれないよ？」

『それは無いと思いたいけど……それならそれでいい。その時は――』

「新羅を殺して君も死ぬ？」

『いいや、近づかせないだけさ。私以外の首無し女をね。あいつが私を好きってだけじゃなくて、今は私もあいつの事が好きだから……』

躊躇いも無く打ち込まれるPDAの文章を見て、臨也は一瞬顔から笑みを消し――次の瞬間、大声で笑い出した。

「……くは、クハハハハハハッ！　こりゃ驚いた！　前の事件からまた、随分と人間らしくなったもんだ！　でも、気をつけなよ？　君が人間に近づけば近づくほどに、『首』の記憶を取り戻した時のギャップは大きくなるかもしれないんだからさ！」

『そんなのは、首を取り戻してから考えればいい。……いや、正直なことを言うと、もう別に首は無くてもいいかなとさえ思ってる。……そんな事より、今は斬り裂き魔の情報をよこせ。金を受け取っておいて何も無いとか言うなよ』

話を仕事に戻すセルティに、臨也は首を振りながら『商品』を語り始めた。

「大丈夫だって。警察やマスコミにも、ネットにも流してないとっておきの情報がある。ぶっちゃけた話、君が来るのを待ってたんだよ」

『どういうことだ？』

「今回の事件は、君のような魑魅魍魎の世界の話だからさ」

再びもったいぶるように言葉を紡ぐと、臨也はトーンを抑えながら、怪談を語るように情報の本質を語り始めた。

「……罪歌、っていう、一振りの刀を知ってるかい？」

『えッ』

「信じられない話かもしれないけど、かつてこの新宿にあった妖刀でね――――」

♂♀

30分後――川越街道沿い　高級マンション最上階

『新羅！　新羅新羅新羅ぁーッ！』

「わあああ、ＰＤＡを突き出しながら突進してくるのはやめてくれ!?　そういう行為はベッドの中でしてもらえると嬉しぐべらッ」

新羅に軽く膝蹴りを叩き込みながら、セルティは大急ぎで次の文章を打ち込んだ。

『お前！　さっきの妖刀の話！　本当だったのか!?』

「うわ、心底疑われてたと知って僕はちょっとショックのどん底に旅立つことにした。もう駄目だ。君の愛で僕を救ってくれ。到達目標レベルは37ぐらいだ。恋の駆け引きＡＢＣＤで言えばＢレベルでいいから」

『冗談言ってないで！』

倒れかけた新羅を無理矢理引き起こすと、セルティは先刻臨也から聞いた情報を打ち込み始めた。

・臨也もネット上を荒らしまわっている『罪歌』という存在と斬り裂き魔の関連が気になって、独自に色々と調べたということ。
・罪歌という妖刀は心を持ち、人を乗っ取るという伝承があるということ。
・どうも、被害者の話を総合すると――正確な姿を捉えた者こそいなかったが、誰もが薄れゆく意識の中で『赤い眼』を見ていたこと。

・ネットに『罪歌』というハンドルネームが出現する日は、決まって通り魔の被害者が出た日の夜だということ。

それらの点を文章に直して見せると、新羅は悲しそうな顔をして白衣のままで絨毯の上にゴロゴロと転がった。

「ああー。なんてこった。僕が言った時は鼻で……いや、鼻は無いから胸にしとこう。胸で僕のことを笑った癖に、臨也の言葉はホイホイ信じるなんて！　……ああッ！」

『どうした!?』

「いや、『胸で笑われた』って言葉、なんかエッチでいいなあとおもっグフッ」

ローキックをこめかみに食らってそのまま大の字に伸びながらも、何とか意識を保ち、真面目な顔でセルティに向き直った。

「で、どうするの？」

『いや、でもまだ……妖精とか妖怪なら、気配を感じられる筈なんだが……私が襲われた時は、気配なんて微塵も感じなかった』

「そりゃそうだろ。刀に意識はあっても気配はないだろうから。俺の知る限り、罪歌って妖刀は——、持ち主の意識を乗っ取って、その身体を自由に操ったそうだよ。動かしているのが人間の身体なら、気配っていうか……君の感じるべきオーラとかそういうもの自体が存在しないって事も考えられる。そもそも、妖怪や妖精が全部君のいう『気配』を持っているとも限らないんだしさ」

『じゃあ、探しようが無いじゃないか』

冷静に推測を語る新羅を前に、セルティは悔しそうに拳を握り締めた。

だが――新羅はそれを見てニヤリと笑うと、恋人に対して起死回生の一言を言い放つ。

「それが、あるんだなあ」

『は?』

「先に謝っておく。ゴメン。また君の入り浸ってるチャットを覗かせてもらったんだけど……今、面白い事になってるよ? いやあ、『罪歌』は女の妖刀だって聞いてたけど、本当だったんだねえ」

『なに……?』

「ま、過去ログを見てごらんよ。結構長く保存できるタイプでよかったね」

セルティは、言われるままにパソコンの電源を立ち上げ――

そして、見た。

見てしまった。

しばらく離れていたチャットの中で、『罪歌』と名乗るモノが、いかような進化を遂げていたのかを――

チャットルーム

——現在、チャットルームには誰もいません——
——現在、チャットルームには誰もいません——
——現在、チャットルームには誰もいません——
——現在、チャットルームには誰もいません——
——現在、チャットルームには誰もいません——
——現在、チャットルームには誰もいません——

——罪歌(さいか)さんが入室されました——

〔今日は一人斬(き)ったの。でも、一人で十分。贅沢(ぜいたく)のしすぎはよくないから〕
〔だけど、明日も斬るわ。愛する人は多ければ多い程いいから〕
〔そろそろ力も満ち足りた〕
〔私は人を探しているの〕
〔平和島(へいわじま)、静雄(しずお)〕

〈私が愛さなきゃいけない人よ〉
〈明日の夜、また斬るわ〉
〈静雄のいる場所は解る。でも、人が多いし危険ね〉
〈平和島静雄の家が知りたいの〉
〈彼は一人暮らしなのかしら？　家も池袋なの？〉
〈もっと知りたいわ。静雄の事〉
〈この街で、一番強い人間のこと――〉
〈愛したい、だから知りたいの〉
〈明日も人を斬るわ。静雄に出会えるまで、毎日、毎日〉
〈私は静雄に会いたいわ。早く早く早く――〉

――罪歌さんが退室されました――

――現在、チャットルームには誰もいません――
――現在、チャットルームには誰もいません――
――現在、チャットルームには誰もいません――
――現在、チャットルームには誰もいません――

――現在、チャットルームには誰もいません――

――甘楽さんが入室されました――

《……どうも、この人、最近はうちだけに書いてるみたいです》

《なんでかって思ったんですけど》

《ほら、前に静雄さんって人の名前だした時、太郎さんが反応したじゃないですか》

《だから、静雄さんって人もここを見てると思ったんじゃないですかねー》

《推測ですけど……》

《これって犯行予告ですよね？　本当に明日の夜に事件が起こったら、通報ですかねー？》

《管理人として、できるだけ早くなんとかします》

《それではー》

――甘楽さんが退室されました――

――現在、チャットルームには誰もいません――

――現在、チャットルームには誰もいません――

――現在、チャットルームには誰もいません――
――現在、チャットルームには誰もいません――
――現在、チャットルームには誰もいません――
――現在、チャットルームには誰もいません――
――現在、チャットルームには誰もいません――
――現在、チャットルームには誰もいません――

――セットンさんが入室されました――

［これ……いつからこんな……］
［太郎さんは、まだ、ここを見てるんですかね?］
［返事してくれると、ちょっと嬉(うれ)しいです］
［それにしても……］
［ログは夕べのだから……明日って、今晩のことですよね?］
［あ、ちょっとこれから出かけなきゃいけないんで、これで……］
［甘楽さん、大変でしょうけどがんばって下さいね］
［おやすー］

――セットンさんが退室されました――

――現在、チャットルームには誰もいません――

――現在、チャットルームには誰もいません――

――現在、チャットルームには誰もいません――

・・・・・

5章 百刀直入

chapter.005 ヒャクトウチョクニュウ

No.9.12 DRRR!!X2 RyohgoNarita

夢の中で——少女は、今は亡き両親に会っていた。
他(ほか)の家族の笑顔に包まれた遊園地で
花畑が一面に広がる山での頂上で
バーベキューのにおいが漂(ただよ)う暖かい日差しに包まれた川原で
誕生日のケーキが卓(テーブル)の中央に置かれた、自分の家の食堂で。
(杏里(あんり)は将来、母さんにそっくりの美人になるぞ)
(あら、貴方(あなた)に似たのよ)
父も母も笑っている。
夢の中に鏡は無いが、おそらく自分も笑っているのだろうと思った。
——お父さん、お母さん。
——ずっとずっと、一緒だよね。

園原杏里(そのはらあんり)は、夢の中でいつも同じ言葉を繰り返す。
幸せな家庭。
家族の笑顔。
たわいもないたわいもない、少女にとっての何よりの幸せ。

そんな夢を見ながら、杏里自身もそれが現実ではないと理解している。
だが、彼女は覚醒夢(かくせいむ)の中で笑う。
もう、そんな日々は二度と訪れないことを知りながら、夢の中で幸せに浸った。

テーブルの上に食事が並ぶ。
母と一緒に作った料理だ。
父親がそれを食べて美味(おい)しいと言って笑ってくれて。
そして自分もまた、笑う。

記号的な作業の繰り返し。
『幸せな家庭』を辞書で引いたら出てくるのではないかというぐらい、王道的でワンパターンな作業の繰り返し。何度も見た夢の中で、彼女は何をすれば笑顔になれるのかを全て(すべ)知っている。それ以外の行動など必要ない。繰り返しの作業に過ぎない。

杏里にとって、それで十分だった。

夢の中の幸せなど、単純な作業の繰り返しで十分だったのだ。それで、笑う事ができるのだから。同じ夢の繰り返しを飽きもせずに味わえる。

それが本当の意味での『幸せ』であろうと、彼女は納得し――

――そして、実際彼女は幸せだった。

他人の主観から見れば幸せではないのかもしれないが、ここは夢の世界。人には覗けない。

夢の中の自分は小学校の低学年ぐらいで、無邪気な顔で夢の中の両親に語りかける。

「これからも――ずっと一緒だよね、お父さん、お母さん」

両親は、ニッコリと笑って頷き、夢はそこで終わる。

いつもいつも同じ夢を見て、いつもいつも同じ終わり方をする。

ずっと一緒。まるでその言葉が一つの呪詛になったかのように、次の日もまた夢を見る。

同じ作業。同じ幸せ。

繰り返し繰り返し、呼吸をするかのように、幸せを感じ続ける。

そして――いつもと同じように、彼女は今日も眼を覚ます。

カーテンの隙間から漏れる朝日を浴びながら、杏里は静かに目を開く。

眠気は既に無い。父と母に告げたあの一言が目覚ましの代わりとなって、一晩のうちの最後のレム睡眠から彼女を目覚めさせる。

杏里は大きく伸びをすると、ベッドから降りてパジャマのまま洗面所へと向かう。

顔を洗う前に、眼鏡の無いぼやけた視界で自分の顔を見て——静かに笑う。

だが、既に両親が他界している現実を思い出すと——彼女の笑いは少しだけ困ったような、自虐的なものへと変化を遂げた。


杏里は両親と死別している。

それも、たった5年前のことだ。

だから、夢の中で起こっている事を現実に味わう事は、もはや絶対にできない。

現実で不可能になった事を、彼女は夢に追い求める。

狙った夢を見られるわけではない。実際、最初は見たいと思って見たわけではなかった。

両親と暮らすだけの、何の混沌も盛り上がりも無い夢。だが、両親と死別してからそんな夢を見る事が日増しに増え——今では、毎日同じ夢を見る始末だ。

夢は脳内の記憶を整理しているのだという説があるが、彼女の脳は、繰り返し繰り返し、脳細胞の同じ部分を整理している事になる。整理した物をまた外に出して、全く同じ模様に並べ直す。無駄としか思えない状況の中で、杏里はそれを別段気にとめるような事はしなかった。

最初は、どうしようもない虚しさがあった。

夢は虚構なのだ、何も生みはしない。何の慰めにもならない。

だが──夢を何度か見るうちに、杏里はすぐに思い直した。

はたして、夢は本当に虚構なのか？

テーブルやその上に並ぶ食事は確かに虚構だ。いくら食べても現実に栄養を摂取しているわけではない。

しかし──『感情』はどうなのか。

夢の中で、杏里は確かに幸せを感じていた。自分の心が安らぐのを感じていた。

虚構によって生み出された感情は偽物なのか？　それならば、映画という虚構を見て感じる心は嘘っぱちなのだろうか？

違う。それは断じて違う。

杏里は虚構を否定する。映画は虚構などではない。スクリーンの中の事はいつだって現実だ。

それならば──夢だって、自分の心を動かすのならば確実にそれは現実であるのだ、と。

そして杏里は、いまだに毎夜、夢を見続けている。

繰り返し繰り返し、自己生産される幸せに浸り続けながら──

だが——現実の中では、彼女は幸せからほんの僅か……ほんの僅かに遠い場所にいた。

両親の命を奪った忌まわしい『事件』から5年——

園原杏里は、いまだに人生の立ち位置を見つける事ができずにいる。

・

♂♀

夜——池袋

セルティが自分のマンションから飛び出したのと同じ頃——

園原杏里は、彷徨っていた。

池袋の街の中を、あてもなくあてもなく。

学年末試験も終わり、あとは卒業式や終業式のイベントを残すのみとなっていた状態で、彼女はとある目的を持って町を歩く。

だが、目的はあってもあてはない。

自分がどこに行けばいいのかもわからないまま、それでも家でじっとしている気にもなれなくて——彼女はただ、町を彷徨っていた。

春が近いと言ってもまだ夜は寒く、冷たい風が杏里の身体を容赦なく突き抜けていく。身体を冷やしながら、彼女は眼鏡の奥から街の様子を覗き込んだ。

普段と変わらない人の波。若干黄色いバンダナの割合が増えたような気もするが、特別気になるまでには至らない。

様々な人間が様々な思いで歩く中、杏里が求めるのはたった一人の人間だった。

贄川春奈。

杏里は、一つ年上の筈の少女に出会う為に、夜の街へと足を踏み入れた。自分の部屋には帰っていない。学校が終わると同時に、彼女は制服のままでここにやってきた。本来私服が許される来良学園だが、デザインが良い事や、冬場は暖かいという事もあって、制服で通う人間も少なくはない。

だが、夜の街となるとその割合は圧倒的に減少する。夜の街に出向くと、そのままズルズルと深夜まで残ってしまう場合があり、その場合は制服だと補導の対象になってしまうからだ。

杏里はそこまで遅く街を彷徨う気も無かったが、さりとて、どんなタイミングで家に帰るべきかも解ってはいなかった。

「……どうしよう」

自分の置かれている状況を鑑みて、彼女は素直な感想を呟きとして漏らす。

何故、杏里が贄川春奈という人物を探し求めてるのか――

時間は、今日の夕方に遡る。

原因は単純で、那須島の執着に他ならなかった。

「なあ……杏里。来光祭の準備とかは、もう終わったのか?」

来光祭というのは、卒業式の翌日に在校生と合同で行われる、一種の謝恩会のようなものだ。参加は自由であるのだが、基本的に在校生のクラス委員が中心となる為、杏里と帝人は自動的に参加者に加えられ、様々な準備を手がけ始めているところだった。

放課後。人気のなくなった廊下を、帰り支度をしていた杏里が歩いていると——まるで待ち伏せしていたかのように、那須島のいかつい顔が現れた。

「どうなんだ、杏里。また遅くまで残ってるようだが……大丈夫なのか?」

「え、ええ……」

杏里、と名前で呼ばれた事に、彼女は僅かに不安と恐怖を感じていた。最初から名前で呼ばれていたのならば、そういう呼び方をする教師だと納得できるが……那須島は、今までは『園原』と苗字で呼んでいた筈だ。それが、今は『杏里』と。

急速に、二人の距離が縮まったような気分になる。いや、実際那須島は詰めたつもりなのかもしれない。

先日、目の前で自分を虐めていた女子生徒が『斬り裂き魔』に襲われて以来、杏里は警察に事情を聞かれたりした後、ワイドショーのインタビュアーに捕まりそうになった。

杏里を心配して来た帝人の手を借りて、なんとかその場は逃れる事ができたが——心労があるだろうし、ほとぼりが冷めるまではということで、数日学校を休む事にした。

復帰すると同時に学年末テストが始まり、杏里は普段真面目に勉強していたおかげでまずまずの成績を取り、徐々にいつもの日常に戻りかけていたのだが——

「てっきりまだ休んでるのかと思ったよ。元気になったんなら言ってくれないと。なあ？」

何故担任でもない那須島に報告する必要があるのか、具体的なことは何一つ言わずに、教師は相変わらずの調子で杏里に声を纏わり付かせてくる。

「先生、心配したぞ……？　斬られた野村は、お前のことを虐めてた奴の一人だっていうじゃないか……どうして一緒にいたんだ？　もしかして、また虐められてたんじゃないのか？　心配だな……本当に心配なんだ。いや、それ以上に斬り裂き魔のことが心配だ。杏里は顔を見てないってテレビで言ってたけど……犯人は見られたと思ってるかもしれない」

格好の『口実』を見つけた、と言わんばかりに、ことさら事件のことを強調してくる。他の教師は杏里を気遣って話をふらないか、面倒事だといって関わらないようにするか、あるいは真摯に励ましてくれるかのどれかだったが——あえて事件の事を振ってきたのは那須島が初めてだった。

学校に復帰してから那須島に会うのは今日が初めてで、どうやらこうした『誰もいない状況』を待っていたかのようにも思えてくる。

「こんなに遅くまで残って、本当に大丈夫なのか？　誰かに家まで付き添ってもらった方がいいんじゃないのか……？」

露骨にも程がある。

杏里は顔を背けたい衝動に駆られたが、理性がその実行を押さえ込んだ。

彼女は静かに暮らしたいだけなのだ。

幸せは、毎夜の夢が与えてくれる。だから現実で高望みはしない。ただ、平穏に暮らしていたいだけなのだ。

だからこそ、ここではっきりと教師を拒絶する事が躊躇われた。ただでさえ斬り裂き魔の事件で杏里は周囲の注目を浴びている。それに、教師のセクハラなどを騒ぎ立てては悪影響になるかもしれないと恐れたのだ。

そもそも、誰かに那須島の行為を訴えたところで――彼の『行為』自体にはなんら問題は無いのだ。せいぜい、女子生徒の間に新たな噂を立てるのが精一杯だろう。それではあまりにリスクが高い。那須島が『園原の方から誘惑してきた』などと言いだせば、最悪転校する羽目になるかもしれない。

自分が変な目で見られるのはいい。どんな状況になっても、帝人と正臣は自分の事を信じてくれるだろうという思いがあった。

それだけ彼らを信頼しているという事だったのだが、杏里は同時に、別のことに気付く。

――ああ、やっぱり私は、竜ヶ峰君と紀田君に寄生して、利用してるんだ。

しかし、後悔はあまり無い。それもまた、自分の生き方なのだから。

ただ、教師や学校を取り巻く組織は一筋縄ではいかない。下手に騒ぎを起こして、変な眼で見られれば、学校は体面を気にして、杏里は自発的ではなく転校させられてしまうだろう。

だが、那須島にこのまま勘違いさせ続けるのも得策ではない。どこかではっきりと断らなければ、別の意味で自分の平穏が脅かされる。いや、実際今も脅かされている。

普通ならば、はっきり言えばいいだけの話かもしれない。だが、今の妙に……正臣風に言うところの『テンパッている』那須島を拒絶すれば、何をされるかわからないという恐怖がある。

無論、やんわりと遠まわしに言って聞き入れられるとも思えない。

転校するのが一番の解決策。

杏里自身も困惑が続き、そんな愚案にまで思い至ってしまうような状態だった。

――転校……そうか、転校、かあ……。

杏里は転校という想像から、正臣に聞いたとある情報を思い出し――少しだけ、かまをかけてみる事にした。

「……じゃあ、転校して身を隠した方がいいんでしょうか……」

「い、いや！　その心配はないだろう。この学校のセキュリティは万全だ。杏里もそれは知ってるだろう？」

入学してから数日後、杏里の目前で黒服の男と謎のライダーによる暴力事件が起こった事を思い出したが、その点には今は突っ込まない事にした。今思うと、あのライダーは街で噂の黒ライダーだったのではないかと思ったが、それも今は関係無いと、気にしない事にした。

「……でも、制服を見られてるわけですから……それに、この辺には他の高校もいっぱいありますし……ええと……贄川先輩も、この近くの高校に転校したんですよね？」

その瞬間——那須島の表情に劇的な変化が起こった。

日焼けして赤黒い顔がみるみる青く染まりはじめ、眼は杏里の方を向いているが、視点は杏里を通り抜けて、遙か後方を見ているように感じられる。

眼球を激しく震わせながら眼の焦点を戻していくと、那須島は口だけで笑いながら、確認するように言葉を紡ぐ。

「な……なんだ、園原。贄川と知り合いなのか？」

「いえ、直接は知らないんですけど……変わった名前だったから、その先輩が転校したっていう話を覚えていたんです……」

微妙に目線を逸らしながら答える杏里に、那須島は眼を震わせたままで相槌を打つ。

「あ、そ、そうか。ああ。贄川はな、俺が去年担任だったんだ。そうだな、確かあいつは西池袋の方の高校に、な。……まあ、そんな事はいいじゃないか」

話を無理矢理逸らそうとする那須島だが、実に解りやすい反応だった。杏里はこの瞬間に、『贄川先輩』という人間と、この那須島の間に何かがあって、それが転校の原因であるという事を確信する。

それにしても、今の那須島の余裕の無さはなんなのだろうか？　杏里はそれも気になったが、彼が何に追い詰められていようが自分に関わりのあることではない。

「じゃあ……先生、私、そろそろ帰りますね」

嫌味を感じさせない調子でペコリと頭を下げ、そのまま那須島の元を去ろうとする杏里。

彼女は気付かなかったのだが――彼女が背を向けた瞬間、那須島の手がゆっくりと杏里の肩へと伸びて、あと一歩というところで空を切った。

だが、それ以上はあえて追おうとも引きとめようともせず、那須島は厳しい顔をさらにこわばらせながら、杏里の背中を見つめ続けていた。

その表情は怒りのようでもあり、未練のようでもあり、そして、何かを知られたのではないかと、強く怯えているようでもあり――

その真意は、那須島本人以外は知る由も無く、彼の表情をかき消すように、長い廊下に虚しくチャイムが響き渡った。

――私は、なんて嫌な人間なんだろう。

夜の街の中で贄川春奈を探しながら、杏里は自分の事を冷静に分析していた。

そもそも、贄川春奈を『探している』というのは正確ではない。探しようが無いのは事実なので、探すフリをしながら自分の考えをまとめようとしているのが正確なところだ。

もしも、何らかの方法で『贄川先輩』に出会う事ができたならば、自分は何を聞くのだろう。何と声をかけるのだろう。まさか「那須島先生と付き合ってたんですか？」と問いただすわけにもいかないだろう。

――直接聞かなくても、せめて関係があった事が解れば……那須島先生を『説得』するとっかかりになるかもしれない。

どんな些細な事でもかまわない。今はただ、那須島を自分から遠ざける為の材料が何でもいいから欲しかったのだ。

――やっぱり、私は嫌な人間だ。

贄川春奈の古傷をえぐる事になるかもしれないのに、杏里は自分と那須島との間に『溝』を作るために、彼女の過去を利用しようとしているのだ。

自分が浅ましい人間だということは理解できる。だが、それを止める気も無い。

――結局は、自分の平穏が一番だと思っている。だから、私はきっと……贄川先輩を踏み台にするんだと思う。私は嫌な人間だ。でも……この生き方は、結構気に入っているのかもしれない。

入学した後、困っていたところを助けてくれた帝人は、杏里のそんな性格を見抜いて、堂々と指摘した。

――でも……竜ケ峰君は、そんな私と友達になってくれた。

それが、『張間美香』という宿主を失った杏里には嬉しくてしかたがなく、だからこそ、その幸せを那須島などに壊されるわけにはいかないという思いがある。

そして彼女は、街を彷徨う。

贄川春奈という『影』を追い求めながら。

――贄川先輩は――本当に、愛してたのかな。それとも、自分の生き方を後悔してるのかな。

……どう思ってたんだろう。那須島先生のことを。

個人的に知りたい疑問。直接必要な情報ではないものの、杏里は夕方に那須島から逃げ出した後、それが徐々に気になり始めている。

その好奇心にも、ちゃんとした理由はあった。

先刻の那須島が――どこか異常だったのだ。

贄川の名前を出した時のあの反応、あれは、関係を知られたのではないかという焦りの他に、明らかに何らかの『恐怖』が混じっていた。

関係が公になってクビになるのが怖いというわけではない。

既に正臣などの間で噂になっていることだし、クビを恐れるならば自分に手をだそうとはしないだろう。

那須島と贄川の間に何があったのか？

心はその謎に惹かれたものの、杏里はその感情を無理矢理押さえ込んだ。

自分の選んだ生き方には、必要の無いものだから。


「ちょっと、君」

自分に声がかけられた事に気付き、杏里はハッとして顔を上げる。

すると、目の前に警官が二人立っていた。

「は、はい……？」

杏里は、また何かの事情聴取だろうかと思って混乱した。話すべきことは全て話したのに、まだ何かあるのだろうかと。

しかし、警官は杏里が事件の目撃者だとは知らないようで、腕時計を杏里に見せながら心配するような口調で呟いた。

「もう11時だよ。学生さんはそろそろ帰りなさい」

「えッ……」

自分がそんなにも長い間街を彷徨っていたとは知らず、杏里は軽い驚きを覚えた。連日の通り魔の事件のせいで、街は警官の巡回が非常に多くなっている。

結果として、池袋では夜中に遊ぶ未成年の数が激減した。もっとも、夜遊びする面々は渋谷など他の歓楽街に移動して同じような日々を過ごしているのだが。

「あッ……す、すみません！　すぐに帰ります！」

「気をつけて帰りなさい」

真面目そうな外見が幸いしたのか、それ以上何かを追及されることもなかった。だが、これ以上遅くまで街にいたら本当に補導されてしまう。

杏里は警官達に何度も頭を下げると、そのまま家路につくことにした。

「あー、大丈夫かな。この近くなら、送っていこうか？」

那須島とは違う、声色に下心の無い申し出だ。

せっかくだから送ってもらった方が良いだろうか。正直、今の杏里にとっては斬り裂き魔よりも那須島が待ち伏せていないかが心配である。

さすがにそこまではしないだろうとは思うが、もしかしたら……という思いも捨てきれない。

――せっかくだから……

ところが、杏里が口を開こうとした瞬間――警官達は突然真剣な表情になって、そのまま各々の片耳を手で覆う。

どうやら、無線機か何かのイヤホンを耳につけていて、何かの連絡が入ったようだ。

「……了解、急行します。葛原さん、行きましょう」

「……すまないなあ、お嬢ちゃん、ちょっと仕事が入っちまった。気をつけて帰ってくれよ。もしあれだったら、パルコ下の交番で待っててくれれば送っていくから」

葛原と呼ばれた警官は、そのまま若い仲間と共に夜の人ごみの中に消えていってしまった。

「あ……」

杏里は一瞬ひきとめようとしたが、ため息をつくと、そのまま一人で帰路につくことにした。交番で待ってまで送ってもらおうという気にはならなかったし、喧嘩の仲裁に行ったのなら、いつになったら戻ってくるのか見当もつかなかったからだ。

そして杏里は、そのまま歓楽街に背を向けて、人通りの無い道に足を踏み入れる。

ここをまっすぐ行けば、アパートまでもうすぐだ。

彼女は僅かに緊張しながらも、自分を安心させながら足を一歩踏み出した。

自分が、誰かに後をつけられているとも気付かずに。

背後から杏里を背を見つめる目は、赤く赤く——

どこまでも、赤く染まり——

♂♀

「妖刀（ようとう）？」

　セルティの打ち込んだ文字を読んで、静雄（しずお）は片眉（かたまゆ）を吊（つ）り上げながら声をあげた。

　マンションを飛び出して、まずは静雄を約束どおりに迎えに行ったのだが、静雄に協力を求めるからには、きちんと説明をしておく必要があった。だが、セルティは『妖刀』などという単語を出した時点で殴（なぐ）られるのではないかと内心で物凄（すご）くドキドキしていた。

『信じられないかもしれないけど……心を持った刀が人を乗っ取ってるっていうか』

　マヌケな説明をしているな。セルティは真面目（まじめ）に文章を打ち込みながらもそう考える。

　──いきなりこんな話をして、信じる奴（やつ）が──

「よし解（わか）った。行こうぜ」

　──!?

『……信じたのか？　私だって、まだ完全には信じられないのに』

　セルティが驚いたように尋ねると、静雄は心底（しんそこ）不思議そうな顔をして言葉を紡（つむ）ぐ。

「……その妖刀ってのは、首無しライダーが東急（とうきゅう）ハンズの壁をバイクで走るのよりも珍しいってのか？」

『……ごめん。私が悪かった』

別に彼女に非はないのだが、思わず謝ってしまうセルティ。しかし、静雄はすでにバイクの後部にまたがって、器用にバランスをとりながら運転手の登場を待ちわびていた。

「まあ、刀なら折りゃ殺せるだろ。死ななくても殺すけどな」

単純に物騒な言葉を吐く静雄の眼には、静かな怒りが満ちている。仕事中に溜めに溜め込まれた『殺意』が、まるでカルメラのように煮詰められているようだった。

セルティはそれが頼もしくもあり、恐ろしくもあり。

彼女はニトログリセリンを運んだ時と同じ緊張を抱えながら、音も無くバイクにまたがった。

そして――デュラハンの使い魔である黒バイクが、夜の空におぞましくも猛々しくエンジンの嘶きを響かせた。


かくして、平和島静雄という名の一点突破にして絶大なる『力』は――セルティ・ストゥルルソンという名の『機動力』と共に、池袋の町を彷徨い出した。

あてもなく、周囲に斬り裂き魔とは別種の恐怖を振りまきながら――。

♂♀

同じ頃——池袋の町をノロノロと走るバンの中で、小さな叫び声があがっていた。

「やめるんだ……もう『瞬間』を何からナニまで『刹那』って言い換えてかっこいい文章だと思うのはやめるんだッ！」

「そう言って色々斜めに構えて見たいお年頃なのかな？　ゆまっちは」

「世の中の常識的な大人の意見を否定すれば、反抗期の中高生に受けるだろう……とか思うのもやめるんだ……ッ！　知識も覚悟も無いくせに、権力は全て悪だとか言うな……！　お前だって事件に巻き込まれたら警察権力に頼るくせに……ッ！」

「思想とか社会とかを批判すれば、何がなんでもかっこよくなると思う薄っぺらな御年頃なんだねー。でも、大人の人はちゃんとそういう社会批判を利用して面白いの書いてるよねー」

何かの本を読みながら叫ぶ遊馬崎に対して、狩沢が淡々と合いの手を入れている。

その会話で眼を覚ました門田が、バンの後部で伸びをしながら口を開いた。

「馬鹿野郎。小説は薄っぺらかろうが厚かろうが、俺の好みにあって面白けりゃそれでいいんだよ……。それにしても、遊馬崎が本の悪口を言うなんて珍しいな……何読んでんだ？」

「えッ、あ、いや……」

門田の素朴な疑問に、遊馬崎は言葉を一瞬つまらせる。そんな相方の様子を見て、狩沢が代理だとばかりにケラケラ笑いながら答えを紡ぎだした。

「えっとね、昔ゆまっちが自費出版した小説だって」

「……色々突っ込みどころがあるが、今は言うまい。それより……寝ちまった俺が言うのもなんだが、お前ら真面目に情報集めろよ。仲間がやられたんだからよ、カズターノが拉致られた時みてえに、ちったぁ気合いれろ」

カズターノとは、彼らの仲間の外国人だ。不法滞在しているという噂もあるが、彼らはそんな事は一々気にしていない。そのカズターノが以前矢霧製薬の関係者に攫われた際、遊馬崎と狩沢は実行犯に対しておぞましい拷問を行おうとしたという過去がある。

「んー。でもさー、ドタチン。カズターノ君は私達と仲いいからあれだけど、今度やられた人は会った事もないんだよ？　いくらダラーズの一員だからってさ」

「少しは他人の為に泣く感性ぐらい持っとけ」

ダラーズの仲間が斬り裂き魔にやられたというのに、遊馬崎や狩沢は相変わらずの会話だけを続けている。それが彼らの短所でも長所でもあると門田は理解していたが、それでも一応は忠告の言葉を投げかけておいた。

「悲しいとは思うが、自閉される」

「斬り裂き魔が許せないとは思うが、自閉される」

二人が別々に述べた言葉を聴いて、門田は眉をひそめながら言葉を返した。

「……何がだ？」

「いや、心が」

「……またなんかの漫画か小説に影響されやがったな」

「ええ、『ルナティックムーン』す。ふふふ、何か嫌な事があったら心を閉鎖するに限るっすよ。無駄な感情の高ぶりがなければ人生平穏っす」

人生をゆがんで語り始めた遊馬崎に対し、門田は呆れたように口を開く。

「いい加減相手が自分と同じ本を読んでいるっつー前提で話をするのはやめろ！　ともかく……お前は平穏な人生が送りたいのか？」

「波乱万丈な人生を送りたいという欲求は強いが、自閉される。……まあそれはおいといて、実際俺は気付いたんすよ。この世の中に七つ集めても願いが叶うボールなんてないし、うちの近所のお稲荷様の御社にはクーちゃんとか呼ばれて美女に変身する御狐様はいないし、家の前で夜間の道路工事が始まったけど、そこで吸血鬼がおしごととしてたりはしないんすよ！　黒バイクは別に願いをかなえてくれたりしないし、夢魔のネーちゃんはあれから来てくれないし！」

――今まで気付いてなかったのか？　あと、前から気になってたんだが夢魔ってどういう事なんだ？

疑問は尽きなかったが、悲しそうな眼をしながら熱く語る遊馬崎に、門田は気おされるように押し黙る。

「だから俺は、我慢することを覚えたんです！　高望みしないで平穏に暮らしたいだけなんっすよ！　具体的に言うと外国で緑色の髪をした可愛い女の子を娘にして、日本に帰国後美人三姉妹の隣でほのぼのと暮らす、そんなささやかな日常があればいいんすよ！」

「よつばと？　よつばと？」

狩沢のニヤニヤとした呟きに、門田はようやく我に返って怒鳴り声をあげた。

「全然ささやかじゃねえ上にとっとと漫画から離れろ！」

「ひぃッ」

小さな悲鳴をあげてシュンとする遊馬崎をよそに、門田はやれやれといった表情で窓の外に眼を向ける。

「この辺だよな、先月来良んとこの女子高生が斬られたのってよ」

繁華街から少し離れた道をノロノロと走りながら、門田は思わせぶりに呟いた。ダラーズの仲間が斬られたというのに、何の情報も無い状況にイラつきながらも、彼は地道に事件が起きた現場を回る事にした。何か共通点などが無いかと思ったのだが、今のところは特に何の進展もない。遊馬崎が背後で『きっと事件が起きた場所を線で結べばその中心で魔人が復活するっす！』などと先刻と180度違う事を言っているが、無駄だと解っているので門田は何も言わない事にした。

呆れた調子で窓の外を見つめていると——不意に、一人の女子高生が道を歩いているのが眼に留まる。

眼鏡をかけて髪を染めたりしていない、真面目そうな雰囲気の少女だ。こんな夜更けに制服のまま出歩いているのが不自然なほどの。

「あーあー、無用心なこった。ああいう子が狙われんだろうな。斬り裂き魔だけじゃなくて、俺らみたいなバンの中に引きずりこまれたりするかもしれねえし」

そんなことをブツクサと言いながら、少女とすれ違った後も道路に眼を向けていたのだが
——ふと、奇妙な男の存在に気が付いた。

年齢はよくわからない。

服装もこれと言った特徴が無いが、暖かくなり始めたというのに厚めのコートを羽織っているのが印象的だった。

だが、それよりもまず心に焼きついたのは——

「今の奴……目が、赤くなかったか……？」

♂♀

——さっきの葛原ってお巡りさん……もしかして、風紀委員の葛原君のお父さんかな……？

もうすぐ自分の住むアパートが見えてくるというところで、杏里は先刻の警官の顔と自分のクラスの風紀委員の顔を重ね合わせていた。

広くも狭くもない路地で、彼女はふと立ち止まる。

杏里を虐めていた女子生徒が斬られた、あの場所だ。

アスファルトに眼を落とす。もう、そこに血の跡は残っていない。

――どうして、どうしてこんな事に。

杏里は静かに首を振ると、どうにもやるせない気持ちになった。あそこで、自分の目の前で斬られたのは単なる偶然なのだろうか？　それとも、何かの必然性があったのだろうか。

――もしかして、ううん、やっぱり……

何かの『心当たり』に思いを巡らせようとしたその時――

彼女の背後に、一人の男が立っていた。

男は懐から刃物を取り出し、音も無く少女に一歩近づいた。

そして、そのまま刃物を夜空に高く振り上げ――

♂♀

「うお！　やべえ！　なんか得物持ってんぞあいつ！」

運転席から、渡草の叫びが響きわたる。門田達もバンの後部からフロントガラス越しに前方を見るが、そこには緊迫した光景が繰り広げられていた。

道の端で、うつむいたように背中を向けている制服姿の少女と——道の真ん中辺りで、刃物を振り上げてゆっくりと少女に近づいていく男。

門田は男の異常な雰囲気が気になって、運転手の渡草に先刻の道を引き返すように言って、ようやく狭い道を切り返してきたのだが——予想は的中し、今、まさに通り魔の現場に居合わせた。

しかし、男は既に刃物を振り上げている。車の音やライトの明かりに気付いていないのか、走りよるこちらを振り向こうともしない。

だが、今から車を降りて駆け寄っても、絶対に間に合わない距離だ。

門田はほんの一瞬考え、運転席の男に声をかける。

「渡草ぁ、無茶言っていいか？」

「なんだ」

鋭い目つきの運転手は、門田がこれから何を言っているか解っているかのように、アクセルを強く踏み込み——

そして門田は、渡草が期待した通りの単語を口にした。

「撥ねろ」

♂♀

激しいクラクションが聞こえ、杏里は唐突に現実に引き戻された。

慌てて塀に背中をつけながら、ヘッドライトの明かりの方に眼を向けると――そこには、一台の大型バンが。

そして――その正面に、こちらに向かって刃物を振り上げた、目が真っ赤な男が立っていた。

目が赤い、といえば、単に充血しているだけと見ていいだろう。だが、それは単に充血と呼ぶには、あまりにも血に充ちすぎている。

もはや眼球に白い部分は残されておらず、ただ、赤い球体の中に爛々と輝く瞳孔が浮かぶのみだった。

「……！」

杏里が現状を把握し、逃げようとするその前に――

一片の容赦もなく、バンが斬り裂き魔を跳ね飛ばした。

♂♀

池袋の町を当ても無く『パトロール』していたセルティと静雄。静雄の頭には漆黒のヘルメットが被せられている。セルティが急ごしらえで創った『影』のヘルメットだ。

警官が多く出回っているので、ノーヘルで止められては堪らないから……というわけでもない。そもそもセルティのバイクにはナンバープレートはおろかヘッドライトすらないので、交通機動隊と追いかけっこは日常茶飯事だ。

だが、もし今日もそうなった場合に、静雄の顔を見られると彼に迷惑がかかる。そういうわけでフルフェイスのヘルメットを創って被せているのだが——服装はバーテン服のままなので、見るものが見れば誰だか一目瞭然という状態だ。

——しかし、あても無く彷徨うっていうのもなあ。

繁華街では被害が殆ど起こっておらず、警官も多い。

ただ、路地の全てを見張るほどに警官の数がいるわけではないので、セルティ達は必然的に裏路地などを見回ろうとしたのだが……

——あのチャットの奴が本当に犯人なら、今日も斬るって言っていたからなあ。

一人で見回っていては『黒バイク=斬り裂き魔』と勘違いされる可能性が高いが、こうして二人乗りならばその心配も無くなるだろう。

セルティはそう考えて、寧ろ静雄と共に行動する事は利点であると思えたのだが……

——甘かった。

先刻、信号待ちをしている間、黄色いバンダナをつけた連中がこちらにガンを飛ばしてきた。

セルティとしては慣れた事なので無視しようとしたが——今日は、静雄が後ろに乗っていた。

静雄は一時停止していたバイクからゆっくりと降りると、セルティが止める間も無く、ガンを飛ばしていた少年達に歩みより——

「人に刃物を向けたら、正当防衛で殺されても文句は言えねえよなあ」

ヘルメットをつけたまま唐突に語り始めた説教だが、刃物を持っていない少年達にはなんのことだか理解できない。

ますます険しい表情でにらみつける黄色いバンダナの少年達に、静雄は首を振りながら説教の続きを浴びせかけた。

「いいか、視線で人は死ぬ。呪いとか眼力とか、まあそういうので死ぬ可能性も0・00000000000000000000000000000000000675%はあるだろう」

少年達の不幸は、静雄がヘルメットをかぶっていた事と、バーテン服が意味する男の正体に気付かなかった事だろう。つまり——『黄巾賊』の少年達は気が付かなかったのだ。

自分達が、平和島静雄に喧嘩を売ったという事に。

「はぁ？　何言ってんだおっさ……」

「だから、人にガン飛ばしたら殺されても文句は言えねーよなぁー!?」

そして、僅か10秒の地獄絵図が展開された。


売られた喧嘩を万引きするかのように、一瞬で三人を地に叩き伏せた静雄。

セルティは慌てて彼を引っ張って逃げ出したが、今頃は無線などであの場所に多数の警察官が集まっている事だろう。

現に、逃げる途中で慌しい様子の警官二人とすれ違った。そのうちの一人は覚えのある顔で、近所の交番に勤務している葛原というおせっかいな巡査長のはずだ。

——やばいやばい。

怪しまれないようにそそくさとバイクを走らせて、逃げるように二人が出てきたのと逆方向に向けてバイクを走らせる。警官からは少しでも遠くに離れていたかったからだ。

それからゆっくりと周辺の路地を散策していると——

セルティの聴覚を司る『影』が、クラクションの音と、それに続いて、何かが衝突するような音を感知した。

てきた。

　杏里が眼を丸くしながら塀に背をつけている目の前で、停車したバンから数人の男女が降り

♂♀

「まったく酷い人っすよ門田さんは！　人が平穏に生きたいって言った直後にこの仕打ち！」

　緊張感を感じさせない狩沢と遊馬崎の言葉に続いて、門田だけが緊張した面持ちで道路の先に眼を凝らす。

「死んだかな？」

　車から数メートル先の所に、一人の男が横たわっている。大きな外傷は無いようで、アスファルトに血溜りができているような様子は見られなかった。右手には長い包丁が握られており、刃渡りは30センチ以上あろうかと思われる程だった。それを見て、門田は静かに呟いた。

「なるほど……ありゃーちょっと短すぎるが、混乱してる素人が日本刀って見間違えてもしゃーねーやな」

　バンに撥ねられた男は。景気よく宙を舞いながら、着地と同時に勢い良く道路の真ん中を転がった。そして、しばらくはピクリとも動かなかったのだが――

　不意に、その人影が起き上がった。

「！」

ムクリと立ち上がるシルエット。その左腕は、妙な方向にねじ曲がっている。

そして、残った右腕で手に持った包丁を握り締めたまま、血走る眼で——杏里を睨み付けた。

「!?」

年は、30代後半か、40代の初めといったところだろう。中年の域に達していようかという男は、そのまま杏里へと向かって足をぎこちなく動かし始めた。

「おい!?」

てっきり自分達に向かってくると思っていた門田達は、ほんの一瞬呆気にとられたが——即座に状況を判断すると、男を止めようと駆け出した。

だが、男は門田達に一瞬だけ眼を向けると、そのまま物凄い勢いで包丁を横に凪いだ。

「うおッ！」

門田の鼻の先をとんでもない勢いで切っ先が通り過ぎ、後ろにいた遊馬崎達の顔にまで風が感じられた。

その勢いのまま、包丁をバネ人形のごとく振り続ける斬り裂き魔。

羽が全て刃物でできた、むき出しの扇風機。

さすがにそれに子供のように指を突っ込む事はできず、彼らは出鼻を完全に挫かれる形となった。

だが、男は既に門田達を見てはいない。

包丁の軌跡で自分の周りに球体の空間を作りながら、ゆっくりとその空間を杏里に押し付けようとする。

「やめろバカ！」

今からではまた車で撥ねるのも間に合わない。

こうなればいちかバチかだと、門田は傷を受けるのを覚悟で突進しようとしたのだが……

足を踏み出そうとした刹那——門田の真横を、『影』が通りすぎた。

エンジン音すらも消し去ったセルティのバイクが、勢いのついたウィリー走行で斬り裂き魔にのしかかる。

刃物が飛び交う『球体』の範囲を、タイヤの裏で無理矢理押しつぶし、そのまま男をも下敷きにしてのけた。

目の前で連続して起こるアクションシーンの連続に、杏里はその場から逃げ出す事も忘れてしまっていた。

「あッ……」

自分をたった今助けたのが、街で噂の『首無しライダー』である事に気付いて、ようやく驚きの声を漏らす事ができた。

バイクはそのまま男の上を走り越え、少し離れたところに停車する。二人乗りをしていたようで、黒いライダースーツの怪人の後ろから、バーテン服を着た男がゆっくりと地面に降り立ち、続いて運転手であるライダーもバイクを降りてこちらに向き直った。

「首無しライダー……と、……静雄⁉」

セルティの背後にいたバーテン服の黒ヘルメットを見て、門田が思わず声をあげる。

だが、彼が『静雄』という名前を告げた瞬間――地面に倒れていた斬り裂き魔が、勢い良く飛び起きた。

「⁉」

呆気に取られる門田達の前で、男は静かに言葉を紡ぐ。

「静雄……あなたが、平和島静雄なのね？　本当に、あなたが……そうなのかしら、、、？」

その声を聞いて、門田がいぶかしげに声をあげる。

「え……？　オカマ？」

「女装してるわけじゃないからオカマとかニューハーフとは違うよ、ドタチン」

狩沢が冷静な意見を言うが、誰もそれを褒めるものはいない。

「会ってみたかったのよ……とってもとってもとってもとってもとってもとってもとってもね……ウフ」

外見は男だが、話す言葉は完全に女性口調だ。

しかしそれ以上に違和感を感じさせたのは——車とバイクにそれぞれ撥ねられているにも関わらず、その言葉には微塵もダメージを感じさせていないという事だ。

名前を問われた静雄は、そのまま静かに一歩踏み出し、言葉を返す。

「わかった。殺す」

「嬉しいわ……とうとう会えたのね。私の愛する人」

「嬉しいか、じゃあ殺す」

——話、かみ合ってねえよ。

門田とセルティは同じ事を思ったが、二人とも静雄を怒らせたくないので、そのまま黙っている事にした。

「愛してるわ、平和島——静雄」

初対面なのにも関わらず、女言葉で愛の告白をする中年男性。その目は赤く血に染まったままで、とても正気とは思えない。

——なるほど。これが妖刀に操られてるって奴か。まさか包丁とは思わなかったけど……。

セルティは心中で納得しながら、塀にへたりこんでいる杏里に手を差し伸べた。

「ひッ……」

杏里は最初は軽く悲鳴をあげたが、首無しライダーに敵意が無い事を感じ取ると、恐る恐る手を握り返し、そのまま道路に立たせてもらった。

『大丈夫？　怪我はない？』

取り出したＰＤＡに打ち込まれる文字を見て、杏里は驚いたようにセルティのヘルメットを見る。暗いフェイスカバーには街灯が反射するだけで、中の様子は全く窺いしれない。

「え……あ、はい。大丈夫……です」

『そう、それなら良かった。離れてた方がいいよ』

恐る恐る言葉を返す杏里を見て、セルティは安心したように文字を打った。

彼女はそのまま静雄の方を振り返ると、手から影の鎌を生み出して、それを背に構えながら斬り裂き魔の方へと足を向けた。

——それにしても、私のヘルメットを刎ね落としておいて、今は無視ときたか……。

何か釈然としないものを感じながら、彼女はどうやって静雄と斬り裂き魔と対峙しようか考えた。

一方、切り裂き魔は先刻から言葉を封じ、静雄の方へとゆっくりと歩を詰め寄っている。

右手に持った包丁を腰の左に構えるという、居合いのような体制のままで徐々に徐々ににじり寄る。

——鞘が無いから居合いは成り立たないと思うんだが……

だが、狂気めいた斬り裂き魔の眼からは、異常な自信が満ち溢れている。

先刻の刃物を振るったスピードを見ても、ただごとじゃない事はひと目でわかる。

だが、静雄はこめかみに血管を浮かべたまま、ただ静かに笑みを浮かべていた。

「俺は、真剣白刃取りなんざできねぇ」

彼の事をよく知っている人間は、その押し殺した笑みがどれだけ危険なものか気付いていただろう。

セルティに至っては、その笑顔を見た瞬間に、目的が『斬り裂き魔をぶちのめす』から、『どうやって斬り裂き魔が死なないようにするか』という事に変化した。

バイクでつぶしても平気で立ち上がってくるタフネスさは目にしている。それを差し引いても、斬り裂き魔が静雄に勝てるビジョンを浮かべる事ができなかった。

「そんな俺に包丁を振り回すってこたあ……殺されても文句は言えねぇよなあ……」

静雄はそんなセルティの心配を他所に、横に止めてあったバンへと手を伸ばす。

斬り裂き魔は静雄が何をしようとしてるのか解らなかったが、特に気にしないというように、歪んだ自信に満ちた目つきで口を開いた。

「何をしても無駄よ。私の剣が避けられるとでも思ってるの？　言っておいてあげるけど――かすり傷。貴方と私が愛し合うのに、ほんの1ミリのかすり傷でもOKなのよ？」

斬り裂き魔の言葉の意味が解らず、セルティや門田は首をかしげるが、遊馬崎と狩沢だけが、驚きと喜びが混じったような声をあげる。

「そうか！　よくわからないけど、きっと切っ先に毒でも塗ってあるっすよ！　一滴でドラゴンもオダブツってぐらい凄い毒を！」

「もしくはあれね。傷口さえ作ればそこに寄生虫とか花の種を植えつけてジワジワとオダブツってわけね！」

マニアの発想丸出しの事を告げるが、反応するものは誰もいない。ただ、斬り裂き魔だけが意味ありげな笑いを浮かべている。

どうやら、あたらずとも遠からずといったところのようだ。

つまり、ある程度の傷を覚悟しての『肉を切らせて骨を絶つ』方式は使えない事になる。

静雄が一番得意そうな戦法が封じられたと解り、セルティの心が僅かに揺れる。

しかし——それは、杞憂に終わる事となった。

セルティに創ってもらったヘルメットをかぶったまま、静雄はたまたま居合わせた顔見知りに理不尽な願いを突きつける。

「門田あ……ドア、借りるぞ」

「？」

門田が返事をする前に、静雄はバンの後部側面にある開きかけのドアに手をかけ——

まるでチケットの半権をもぎるように、ドアをあっさりとねじり取った。

──『は？』──

　それが、その場所にいた全ての存在の感想であった。

　門田や遊馬崎達も。

　杏里も。

　セルティも。

　そして──斬り裂き魔でさえも。

　片手で、特に力を込めた様子も無い。全身の体重の力を使っているようにも見えず、ただ、文字通り『腕力』だけで車のドアを引き剝がしたのだ。

　静雄は言葉を失っている面々の前で、ドアの内側の取っ手に指をかけ、握力だけでそのドアを持ち上げる。……斬り裂き魔の方へと向かって。

「あ……」

　斬り裂き魔が静雄の意図に気付き、初めて表情を不安に歪ませた。

　居合いの構えも、かすり傷をつければ発動する『秘策』も、全てが無意味になった。

　盾。

　平和島静雄は、バンのドアを巨大な盾として、斬り裂き魔から自分の前面を守る形で構えたのだ。

「俺は理不尽に生きてるからな。素手で戦うほどお人好しじゃあ……ねえッ！」

言い終わると同時に、静雄の足元のアスファルトが爆ぜたように見えた。

実際にはアスファルトは無事なままだったのだが、あまりに爆発的な加速に、目撃者の脳裏にそのような錯覚が起こったのだった。

盾を構えた人間が、己を砲弾と化して敵へと向かう。

一直線に、ただ一直線に。愚直なまでに一直線に。

だが——避けられるかという話となれば、その砲弾は、あまりにも速すぎた。

ただ、それだけの話だったのだ。

速さと怪力の前に、斬り裂き魔の全ての小細工は無効化した。

見せる暇も無く、それがどんな小細工だったのか誰も知らぬまま——

「ちょっ……待っ……」

衝撃。

ドン、という、音だけが先にきた。

その音だけでも、斬り裂き魔の脳に与えるダメージは深刻なものだったのだが、直後に、本震が彼の身体に襲いかかる。

巨大な鉄塊がぶつかったようなものだった。下から上に突き上げられる力の渦。バンに撥ねられてもすぐに起き上がる事ができた肉体だが――

――車より……衝撃が大きい!?

その事実に気付いた時には既に遅く、そのまま僅かに上を向いた盾に乗り上げた身体は、勢いよく力の奔流によって運ばれ――

斬り裂き魔は抵抗や打開策を考える暇もなく、道の塀と盾の間に、思い切り挟み潰された。

♂♀

斬り裂き魔との死闘はあまりにもあっさりと終わり、路地には何事も無かったかのような静けさが訪れていた。

しばらくは誰も何も喋らなかったが、バンの運転席から降りてきた渡草の、

「……で、ドアの修理代は誰に請求すりゃいいんだ?」

という声で、ようやく誰もが我に返りはじめた。

「さて……これからこいつどうするよ?」

静雄はそう言いながら、塀に押し付けていたドアをゆっくりと引き剝がした。

その裏からは、身体が半分壁にめり込んだ男の姿が見え、そのまま塀から剝がれるように地

面に崩れおちた。

セルティはPDAを取り出すと、静雄に向かって淡々と自分の意見を述べる。

『とりあえず、こいつが妖刀に操られてただけなのか、それとも単なる斬り裂き魔なのかを判断しなきゃいけないから……武器を奪って、目が覚めるまでにどっかに縛りあげないと。操られてただけだったら、このまま警察に突き出すのもかわいそうだし』

――目が覚めればいいけど。

そんな不安を覚えながら、セルティは男の顔を覗き込んだ。

――あれ？

セルティは、その顔に見覚えがあるような気がして、静雄に向かって手招きをする。

「なんだぁ？」

静雄は既に興奮から醒めており、冷静な表情でセルティと共に男の顔を覗き込む。

その瞬間、男の目がカッと見開き、赤く澱んだ眼球が顕わになった。

「！」

セルティも静雄も慌てて飛び退るが、斬り裂き魔は二人を見ると、呻くような声で呟いた。

「……やっぱり、私じゃ駄目ね。デタラメな奴ってのは知ってたけど……」

どうやら静雄に勝つのは諦めたようだ。セルティは警戒を怠らないまま、相手から情報を聞き出そうとPDAに文字を打ち始めたのだが――

「なら……せめて、こいつだけでもッ！」

叫びを上げて、斬り裂き魔は地を蹴った。

少し離れた場所で、おそるおそる様子を窺っていた——園原杏里のもとへと。

「……え……」

何が起こったのかわからないといった表情で、杏里は呆けた声をあげた。

瀕死と思われていた男が無理矢理起きあがり、彼女に向けて再び包丁を振り上げた。

ドスリ

鈍い音が響き渡り、斬り裂き魔の包丁が胸の辺りへと食い込んだ。

黒い影を全身に覆った、セルティ・ストゥルルソンの身体へと。

「——ッ！」

杏里は声にならない悲鳴をあげ、その場で全身を強張らせる。

だが——セルティは胸から血の一滴たりとも流す事は無く、包丁を握る敵の手首をガシリと掴み、腕力だけでその刃を己の胸から引き抜いた。

そのまま斬り裂き魔に足払いをかけて、包丁を持った手を斬り裂き魔の背中に回しながら、うつぶせに相手を押さえつける。

完全に関節を極められた状態となって、斬り裂き魔は完全に身動きが取れなくなった。

自分の身体にどんなに力を入れても動かない事が解ると、斬り裂き魔はののしるように怨嗟の声を絞り出した。

「あなた……人間じゃないわね！　汚らわしい、汚らわしいわ！　ああ、なんてことかしら、私の身体を、私の愛がこんなわけの解らない、頭の悪そうな化け物に陵辱されるなんて！」

——悪かったね、この×××。

最近タランティーノの映画で見た罵り文句を心中で吐き捨てながら、セルティは背中を押さえる腕に力を込めた。

ボグ、という妙な音がして、斬り裂き魔の腕がそれまであった場所から大きくずれた。

それと同時に、男の腕から包丁が落ちて、アスファルトの上に金属音を響かせる。

男は失神してしまったようで、あとは悲鳴をあげる事さえしなかった。

自分が存外怒っていた事に気付き、セルティはこれではいけないというように首を振る。

——×××なんて、新羅に聞かれたら嫌われるよな。気をつけないと。

自分ひとりで惚気た事を思いながら、セルティは男を地面に転ばせたまま、すぐ前に転がる包丁に目を向けた。

——それにしても、『罪歌』がまさか包丁だったとはね。

直接掴むのは危険だと思い、手に覆う『影』の量をいつもの倍ぐらいに増やし、ゆっくりと柄を摘みあげた。

やはり、特別な気配は感じない。新羅が言ったように、妖刀に気配などというものは存在しないのか、それとも、妖刀自体が嘘なのか……。

――ああ、『お前が罪歌か？』って聞いておけばよかったな。

だが、何はともあれ斬り裂き魔は始末した。あとはあの気絶している男が目を覚ますのを待つのみだ。その辺りの事は、事情を話して門田や遊馬崎たちに任せてしまっていいだろう。

とりあえず、この包丁は今のうちに始末した方がいい。新羅のつてを使えば、溶鉱炉などの設備を探して投げ込む事もできるだろう。

セルティはそう判断して、包丁をバイクの下に『影』の縄を創って括りつけた。

これで一安心だと、ＰＤＡを使って門田達に事情を説明していると、背後から静雄が独り言のように声をかけてきた。

「なんだかよ……完全にはすっきりしないんだよな……。なんでだ……？」

妙な疑問を口にしながら、その疑問に対して徐々に顔を怒りに染め上げていく。

「ああくそ、すっきりしねえ……ちょっと新宿に行って、臨也の奴をぶっ殺してくる」

物騒なことを言いながら、セルティに黒いヘルメットを投げて返す。ヘルメットはセルティの手の中で霧のように霧散し、そのまま彼女の身体へと吸い込まれていった。

特にその現象に驚く事もなく、そのまま現場を後にする静雄だったが……臨也と喧嘩しにいくと言ったのにも関わらず、誰も彼を止めようとはしなかった。

臨也が簡単に殺される男ではないと解っていたという事もあるが——それ以前に、誰も静雄を止める自信が無かったからだという事が第一だったのだ。

去り行く背中を見つめながら、狩沢が頬を赤く染めながら呟いた。

「ねえねえ、絶対シズちゃんって、イザイザの事を好きだよねー。男同士でボーイズにラブってるって感じ？」

「『いや、それはない』」

セルティのPDAと門田、遊馬崎の声が同時に突っ込みを入れる。遊馬崎は心底ガクガクと震えながら、狩沢の口を手でふさぎながら言葉をつなげた。

「そんな事言ったら、いくら狩沢さんでもギタギタのギニャーにされるっすよ！」

彼らの会話を聞きながら、セルティは脳内で静雄と臨也が愛し合っているところを想像し——胸の奥から、どうしようもない吐き気が込みあがってきた。

もっとも、首の断面から吐き出されるのは影以外なにも無かったのだが。

門田達への説明は、驚くほど簡単に済んだ。

やはり疑われる事を覚悟していたのだが、妖刀と言った瞬間に遊馬崎と狩沢が目を輝かせて話に乗ってきてくれたからだ。

しかも『罪歌』が女性の人格を持った妖刀らしいと言うと、遊馬崎が『萌え擬人化希望ーッ』等と叫んでセルティのバイクに括りつけた包丁を取ろうとしたので、皆で袋叩きにして斬り裂き魔ともどもバンに詰め込んだ。

後は、門田達がなんとでもしてくれることだろう。困った事があったら新羅を呼ぶようにとも伝えたので、後の事は万事解決する筈だ。操られていただけだとしたら彼もまた被害者という事になるが、静雄に斬りかかって生きていられたのだから、運が良かったといえるだろう……と、セルティは自分自身を誤魔化す事にした。

——男に罪が無いって解ったら、見舞い金でも持ってくか……。

そんな生々しい事を考えて振り返ると——

眼鏡をかけた少女が、おどおどした表情でセルティの顔を見上げていた。

——忘れてた。

セルティは目の前の『被害者』を見て、どうしたものかと首を捻る。

どこまで説明するべきだろうか。下手に追い払うと警察を呼ばれかねない。そもそも、既に近隣住民が騒ぎを聞きつけて警察に通報している可能性だってある。セルティとしては、なるべく穏便にこの場所を離れたかった。

ところが、少女の顔を改めて見直して、セルティはある事に気が付いた。

——この子、いつも竜ヶ峰帝人と一緒にいる……

竜ヶ峰帝人。

ダラーズの創始者である少年は、セルティの正体を知る人間の一人であり、街の隠れた有力者の一人でもある。もっとも、ダラーズの創始者が帝人だと知っている人間はほとんど存在しないのだが。

街中でたまに帝人を見かける事があったが、その時、少年は大抵三人連れだった。

目の前にいる眼鏡の少女と、もう一人は髪を茶色に染めたピアスの少年だ。殆どと言っていいほど三人一緒だったので、それぞれの関係まではつかめなったが。

そんな少女が、セルティの顔を見上げて、申し訳なさそうに口を開く。

「あ、あの……助けてくれて、ありがとうございます……」

お礼の言葉をようやく絞り出すと——彼女は困ったような顔をしたままで、事件の中に大きく一歩踏み込んできた。

「教えて下さい……いったい……この街で何が起こっているんですか？」

——う。

御礼なども特にセルティは望んでいなかったのだが、礼だけを言ってそのまま逃げていってくれた方がまだマシだった。

だが、疑問も一つあった。

『罪歌』にのっとられていたと思しき斬り裂き魔が——何故、最後に彼女を狙ったのか？

単にやけになったとも考えられるが、何か別の理由があるのかもしれない。そう思うと、ここで邪険に扱ってしまうのもどうかと思ってしまう。

セルティはしばらく悩んでいたが、やがて諦めたようにヘルメットを振ると、静かにＰＤＡに文字列を打ち始めた。

この池袋で起こっている連続辻斬り事件の事から——妖刀『罪歌』の事まで……。

だが、全てを文字で語り終わった後、杏里と名乗った眼鏡の少女が尋ねたのは——

「あの……あなたは、一体……」

またこの問いか。セルティは心中で半分諦めの笑いを浮かべながら呟いた。自分と話した人間は、最近ではまず間違いなく同じ質問をする。テレビなどで散々『首無しライダー』の話題が盛り上がり、なおかつその『首無しライダー』が意外と話せる奴だと知ってしまったら——大抵の人間は、気になってしまうのだろう。尋ねたくて仕方がなくなるのであろう。

——私に、本当に首が無いのかどうか。

彼女は相手が悲鳴をあげる事を想像しながらも、『驚かないでね』とだけ前置きして——なんの躊躇いもなく、ヘルメットを脱ぎ捨てた。

——さあ、どうでる。

だが、対する杏里は全くの無言だった。

まるで、セルティの次の言葉を待つかのように。

『……驚かないの?』

「えッ……あ、すみません。いえ、あの、首が無いっていうのはテレビとかで知ってましたから……だから、どうして首が無いんですかって思って聞いたんですけど……あ、あの! もしかして凄く失礼な質問をしてしまったかもしれません! 怒らせてしまっていたら本当にすみません!」

泣きそうな顔になって顔を俯かせる彼女に、セルティは逆に言葉を失った。

新羅といい帝人といい遊馬崎達や静雄といい……

――最近の若い奴は、みんなこうなんだろうか?

そんな疑問を浮かべながら、セルティはゆっくりと文字を紡いだ。

『話せば長くなるから……メールアドレス教えてくれれば、後で詳しい事を教えてあげるよ?』

気を使った一言だったが、顔を俯かせた杏里にあっさりと返された。

「あの……うち、ネット環境、無いんです……」

『え……困ったな。ずっとここにいるわけにはいかないし……』

今日のところはこのまま帰ろうかと本気で考えていると――杏里は静かに顔をあげて、何かを決意したように呟いた。

「あの……私の部屋、このすぐ先にあるんです……もしも良かったら、お茶でも飲んでいってくれませんか？」

♂♀

深夜——川越街道沿い　高級マンション

「お帰り、セルティ」

『ただいま』

部屋に戻ると、新羅が一人で彼女の帰りを待っていた。どうも何かを調べていたようで、机の上でウトついていた跡がある。

「いやー、調べた調べた。俺、凄くがんばったよー。罪歌について、色々と調べてたんだけどさー。もう結構ややこしくってさ。文献を整理するのが大変だった」

『そっか……ありがとう。新羅』

「まあね、俺はセルティの為なら一日で千秋分の仕事をしてみせるさ！　一日千秋の意味を一年以内に変えてみせる！」

張り切って笑う新羅に対して、セルティは申し訳なさそうにＰＤＡに文字を走らせた。

『でも、ごめん。もう終わったんだ』

そしてセルティは、今日起こった事の全てを新羅に話し——影に包まれた包丁を、テーブルの上に慎重に置いた。

『触るなよ。のっとられるかもしれない』

新羅は好奇心に満ちた目でテーブルの上におかれた物体に目を凝らし——10秒後、頭に疑問符を浮かべながらセルティに呟いた。

「これが……罪歌？　包丁じゃん」

「えッ」

目を丸くする新羅に対して、セルティは困ったように文章を紡ぎだす。

『いや、私も驚いたんだが……実際、この包丁を持ってた奴は目が真っ赤になってて、しかも女言葉になってて愛だのどうだのわけのわかんない事を並べ立ててたんだ』

「へえ……じゃあ、間違いないのかな」

『そもそも、なんで辻斬りと愛が関係あるんだ？　そこからまず疑問なんだが。この罪歌ってのはサディストなのか？』

それまで疑問に思っていたが、特に事件解決には必要ないだろうと思っていて黙っていたことを口にするセルティ。

「ああ……その辺は詳しく言ってなかったね」

新羅はなんだそんな事かというような顔をして、コホンとわざとらしい咳払いをした後に、パソコンデスクの椅子に寄りかかりながら『罪歌』の性癖について語り始めた。

「罪歌の目的はね……人間を、愛する事さ」

♂♀

同時刻――杏里のアパート

――今でも、胸が少しドキドキしている。

部屋に人を上げることは、殆ど無かった。この一年間で部屋に上がったのは、せいぜい帝人と正臣ぐらいしかいない。

それが今日、お互いに名乗りあったばかりの――しかも人間じゃない存在を部屋にあげた。

杏里としては大冒険であったが、それでも、目の前の存在に対する好奇心には叶わなかった。

それに、助けてもらったという事実が彼女の背中を後押しし、その他色々な感情が混じって、気が付いたら『首無しライダー』を部屋にあげてしまっていたのだ。

色々な話をした。

どうしてこの町にやってきたのか、デュラハンとはどういう存在なのか、この町で見てきた事、記憶の中に残っている外国の風景のこと。

そのどれもが新鮮で、杏里は僅かに興奮している自分に気が付いた。

別れ際まで、色々な話をした。こちらの事も色々話したが、あまり面白い話ではなかっただろう。もはや彼女は、自分がどんな事を話したのかも覚えてはいなかった。

――彼は、どんなことを考えて生きてるんだろう。人間の事をどう思っているんだろう。

興奮が冷めやった後も、セルティの言葉の一つ一つが思い出される。

――デュラハンは人の死期が解るっていうけど……事故死とかも、わかるのかな……。

彼女は5年前に起きた、自分の運命を変えた『事件』を思い出し、ほんの僅かに目を伏せる。

――あんなことが起きるって解ってたら――私は、『あれ』を止められたのかな。

そんな事を考えもしたが、今となってはどうしようもない事だ。それに、両親には夢の中でいつでも会えるのだ。今更気にやむことではない。

ただ、話を聞いていて一つ悲しく思うところもあった。

何度も切り出そう切り出そうと思ったが、杏里には一つだけ、セルティに対して黙っている事があったのだ。

しかし、結局勇気を振り絞ることができず――結局、セルティが帰った後で激しい後悔に襲われた。

――なんで言えなかったんだろう……あの事を――あの――

そこまで考えた瞬間、玄関の方からチャイム音が鳴った。

——こんな夜中に⁉

彼女は一瞬、那須島の顔を思い浮かべてビクリと身体を震わせたが、もしかしたらセルティが戻ってきたのかとも思い、音を立てないようにドアの覗き穴に目を持っていく。

——え……女の人？

そこにいたのは、制服を纏った一人の少女だった。

知らない顔だったが、とりあえず杏里は他に人がいない事を確認して、そっと扉の鍵を開ける。ゆっくりと開く扉の外にいたのは——恐ろしく美しい、一人の長髪の少女だった。

大人びた体つきに、あどけなさを残した顔が載っている。黒く艶のある髪は背中の半分ほどまで伸び、アパートの通路の中に一箇所だけ幻想的な空間を作り出していた。

「？　……あ、あの……どなたですか？」

「始めまして……園原さん」

オドオドとした杏里の言葉に、髪の長い少女は静かに微笑みながら言葉を交わし——自らの名を優しい声色で名乗る。

ただ、名乗る。

「私は……贄川春奈です」

♂♀

川越街道沿い　高級マンション

『愛するのに斬るのか？　ならやっぱりサディストじゃないか』

「いや、嗜虐趣味とはちょっと違うんだ。ぶっちゃけた話、彼女は妖刀だ。持ち主である主人にしか声を届ける事ができないらしい」

『ああ。ならその主人を愛すればいいだろう』

「だけどね、罪歌は、人類全てを愛していたんだ」

『……？』

「個人じゃない。人類っていう、一つの『種』を愛してしまったんだよ。人間でいうなら、犬好きの人が個々の犬じゃなくて犬の全てを可愛がるようにね。もっとも、『恋愛』にまで発展するようなケースは殆ど無いと思うけどね。犬がいくら好きだからって、犬と結婚しようという奴はあまりいないし、犬に性欲を感じる奴は変態だ。まあ、そういう趣味の人もいるにはいるけど……」

『下品な方向に脱線するな』

「ごめんごめん！　でもね、これは結構重要なことだよ？　ともあれ、『罪歌』は人間を愛した。最初は心の中でだけ思っていた。だけど、愛して愛して愛して愛して愛して愛して愛して愛するうちに……しだいに一人の人間を想うだけじゃ満足できなくなった。そして彼女は人類全てを愛し始めた。だが、その思いもやがては煮詰まっていった。……彼女は、愛を行動で表現したくなったんだ」

『行動？』

「そ、行動。人間は、色々な事をして愛を表現するよね？　言葉を告げる事、相手の為に何か行動すること、時には命だって賭けること、守り通すこと、お金で気を引くこと、性欲に身を任せること、あえて何もしないこと、ついつい虐めてしまうこと、永遠に自分のものにするために殺してしまうこと」

『……後半のは、愛なのか？』

「歪んでいる歪んでないはおいといて、個々が愛だと考えてやった事だと思えばありさ。だけど——そもそも『罪歌』は妖刀だ。愛するにも身体が無い」

『……』

「彼女はただ、触れ合いたかっただけなんだ。愛する人間の肉体に、自らを同化させたかった、染み込ませたかった。自分のを相手の中に入れてしまいたかった」

『なんか卑猥な感じになってきたな。……いや、まて、ということはつまり……』

「そう」

「罪歌は——愛を表現する方法として、ただひたすら人類を『斬る』事を選んだのさ。斬る瞬間だけが、彼が人間の全てと触れ合える瞬間だからねえ。肉から、血から、心から——命に至るまで、ね」

♂♀

杏里の部屋

「ねえ……園原さん。私がどうして、貴方に会いに来たか……解る？」

安物のテーブルを挟み、杏里と春奈が向かい合って座っている。

春奈はどこか余裕を含んだ幻想的な笑みを浮かべているが、対する杏里の顔には困惑の色がありありと浮かんでいた。

贄川春奈。今日の夕方から、杏里が『会いたい』と思っていた人物であるが、どうしてその当人がここにいるのかが解らない。そもそも、どうやって家の住所を突き止めたのだろうか？

春奈は那須島の恋人と噂されていた女性であり、現在はどこか別の高校に転校してしまったと聞いていた。だが、その詳細(しょうさい)は杏里にもわからない。

なんとか彼女と接触して、それを知りたいと思っていたのだが——いざ面と向かってみると、なかなか切り出すのは難しい。

しかし——きっかけはある。

春奈本人が今しがた質問した事だ。

なぜ、彼女が杏里のもとを訪れたのか。

それを考えれば、共通項は一つしかない。

「あの……那須島先生の……ことですか？」

杏里が意を決して那須島の名前を出すと、春奈は天使のような微笑で頷(うなず)いた。

相手が肯定したのを見て、杏里は慌(あわ)てたように声をあげる。

「ええと、あの……私は別に那須島先生のことはなんとも思ってないですよ？　ただ、ちょっと変な噂(うわさ)が立ってるだけで……」

「ええ、そうでしょうね」

あっさりと答える春奈に、杏里はホッと胸をなでおろした。

ところが——

「でも、私は隆志(たかし)を愛してるわ」

「え……？」

隆志というのは、那須島の下の名だ。杏里より一学年上なだけの、しかも学生服を着たままの少女が言うには不自然な呼び方だった。

会話に奇妙な違和感を覚えながらも、杏里は静かに言葉を返す。

「あの……付き合ってたんですか？」

「ええ、付き合ってたなんてものじゃないわ。二人は愛し合っていたの。ただ、お互いにそれが確認しあえるだけで幸せだったわ。そう、いつまでもいつまでも……」

恍惚とした表情で、虚空を見つめながら春奈は言葉を紡ぎ続ける。おそらくは、過去の思い出を脳裏に浮かべながら話しているのだろう。

しかし、その表情が突然悲しげに曇ったかと思うと、今にも泣きそうな声になりながら杏里の目を見つめてきた。

透き通るように綺麗な目。だが、どこを見ているのか解らない、焦点の定まらない不気味な一面も持ち合わせた瞳だった。

「だけど、私はある日拒絶されたの……。私は隆志に、愛を確認しようとしただけなのに。愛を形にして示そうとしただけなのに……」

♂♀

川越街道沿い　高級マンション

「罪歌は持ち主を操って、何度も人を斬り続けた。何度も何度も何度も……自分の愛を確かめる為に、愛を形にする為に、愛した相手が、自分の事を決して忘れないように……身体と心に、同時に傷を刻み込んだ」

『愛の証として……か？』

「そう、その通り。そして彼女は人を愛し続けたわけだ。だけど、それもせいぜい10数年の間の話さ。年が進むにつれて、罪歌は完全に姿を消した。まあ、その間に愛する事自体に飽きて、人間に興味を失ってたってんなら良かったんだけど……あのネットの書き込みを見るに、いまだに愛に満ちあふれているご様子だねえ」

『……しかし、おかしくないか？　昔から人間に関わっていたにしちゃ、最初にチャットに現れた時は日本語めちゃくちゃだったぞ。あれって、罪歌が人間の身体を操って打ち込ませてたんだろう？』

「それなんだよねえ。もしかして、しばらく人間社会から消えている間に、日本語を忘れちゃったりしてたのかな？　この包丁は……。……ん？」

『どうした？』

「え？　あれ……ええー？」

新羅は改めて卓上の包丁を見て、奇妙な声をあげながらその柄を掴んだ。

——おい!?

セルティは慌てて奪いとろうとするが、新羅はそれを手で制しながら疑問の言葉を口にする。

「セルティ。これ……明るいとこで確認しなかったろ」

『? いや、外だったしな。……それより、大丈夫なのか!? こう、あれだ、なんか心が乗っ取られそうになったりしてないのか!?』

「いや、大丈夫」

笑いながら呟いて、次の瞬間、新羅は重要な事実を口にした。

「これ……罪歌じゃないよ」

『何!?』

「だってほら、ここ見てごらん」

そう言いながら、彼が指さした包丁の柄の一部には——

小さな文字で、次のように掘り込まれていた。

『MADE IN JAPAN 2002』

♂♀

杏里の部屋

「愛を示そうとした……って……どういうことですか……」

相手の異常な雰囲気に気付き、杏里は手に冷や汗を掻き始めた。

春奈は相変わらず美しい微笑みを絶やさぬまま、ただ、淡々と言葉を語り続ける。杏里の問いかけなど、全く聞こえていないかのように――

「でも、私は拒絶されたの。隆志に。いいえ、それは恨んでないわ。だって私は隆志のことを愛してるんですもの。私を受け入れないっていうところも含めて、何もかも許すわ。愛してるから、全部全部許してあげるの」

「いえ、あの……」

「でも、ね。隆志以外は許せない」

表情は笑顔のままで、ただ、言葉にだけ狂気が満ちていく。

杏里はそれを感じて、徐々に背中にまで自分の汗を感じるようになっていった。

「隆志が私以外のものを好きになるのは許せるわ。でも……隆志に好きになられたその『もの』

自体は絶対に許さないの」

「え……」

「園原さん。貴女が隆志の事を好きでも嫌いでも、なんとも思っていなくても——そんなのは、関係ないの」

完全に狂気に満ちた言葉を聴きながら、杏里は静かに立ち上がる。座ったままでは危険だと、彼女の本能が告げたからだ。

「ごめんなさいとは言わないわよ。園原さん。だって……私は私の愛の為に正しいことをするんですもの。正しい事をするのに、どうして謝る必要があるの？　負い目を感じる必要があるの？」

できることなら、この場からどこかに逃げ出したかった。だが、目の前に座っている春奈がそれを許してくれそうもない。

「……」

杏里は既に、春奈に語りかける事を諦めていた。無駄だというのが解ったからだ。

そんな杏里の姿を見つめながら、

「でも……やっぱり人を使うと駄目ね。やっぱり愛を得る為には——私自身が動かなくちゃいけないっていう、いい証拠ね……」

川越街道沿い　高級マンション最上階

♂♀

「なんで何十年も前から記録に残ってる妖刀が、２００２年作なのかな」

『いや待て、信じてくれ。私は確かに』

「信じるよセルティ。俺がセルティを疑うもんか。……だからきっと、その斬り裂き魔は常に異常な奴だったんだよ。刃物に関係無く。たまたま罪歌の伝説を知ってた奴かもしれない」

『いや、そうも思えないんだ……一度その男自身も被害にあってるから、その時に取り憑かれたのか、もしくは妖刀の命令で自分を斬って警察の疑いから目をそらさせたのかも……』

「？　もしかして、知り合いだったのかい？」

『いや……知り合いっていうか、先月の末に、私に静雄の事を聞きたいって言ってきた雑誌の記者でさ。その日の夜に斬られたとかチャットで聞いてさ……。調べてみたら、自分の家の目の前で斬られてたんだってよ』

『名前は確か……そう、贄川だ。贄川周二って名前だった』

♂♀

杏里の部屋

「父さんだったら他の子よりも上手く動いてくれると思ったんだけど……でも、駄目だった」

——彼女は何を言っているのだろう。

杏里は最初は春奈の言っている意味が全く解らなかったのだが——

次の彼女の一言と——彼女の表情を見て、その意味を完全に理解する。

完全に、完全に——

「だから、私が……自分の手で始末をつけるわ。貴女という恋敵に」

そう言うと、春奈の手が背中に回り——そこから、一本のナイフが取り出される。

「私の大事なパートナーの手を借りて……ね」

刃渡りは20センチにも満たないだろうか。先刻の斬り裂き魔が持っていたものに比べれば、迫力という点では大分見劣りする。

しかし——杏里には理解できた。目の前にいる少女が、先刻の斬り裂き魔よりも遙かに恐ろしい存在だという事に。何故(なぜ)なら――

「私は貴女を愛さないけれど――この子は――『罪歌(さいか)』は、貴女なんかのことだって、きちんと愛してくれるのよ……」

何故(なぜ)なら、ナイフを持つと同時に、彼女の両目が……

先刻の斬り裂き魔より、何倍も何倍も何倍も深く、

何倍も何倍も何倍も赤く紅(あか)く染まっていたのだから。

♂♀

川越街道(かわごえ)沿い　高級マンション最上階

『そうだ、チャットだ。チャットはどうなってる？』

セルティは自分の言葉からチャットのことを思い出し、何か変化は無いかと即座にページを開いてみた。

そして、そこにあったものは。

『なんだ……こりゃ』

そこにあったものは、
恐怖でもない。不安でもない。
ただ、ただ、寒気だけを感じさせるものがある。
背中に突き抜ける寒さだけを感じさせるおぞましさ。
全てを拒絶するかのような深い深い闇。
そこには確かに――セルティにとっての『寒気』が存在した。

♂♀

チャットルーム

――罪歌さんが入室されました――
――罪歌さんが入室されました――
――罪歌さんが入室されました――
――罪歌さんが入室されました――
――罪歌さんが入室されました――
――罪歌さんが入室されました――

――罪歌さんが入室されました――
――罪歌さんが入室されました――
――罪歌さんが入室されました――
――罪歌さんが入室されました――
――罪歌さんが入室されました――
〔失敗した。失敗したわ〕
――罪歌さんが入室されました――
――罪歌さんが入室されました――
――罪歌さんが入室されました――
――罪歌さんが入室されました――
――罪歌さんが入室されました――
――罪歌さんが入室されました――
〔タイミングが悪かったのよ〕
――罪歌さんが入室されました――
――罪歌さんが入室されました――
〔よくも私の姉妹を〕
――罪歌さんが入室されました――

――罪歌（さいか）さんが入室されました――

｛母の命令は絶対なのよ｝

――罪歌さんが入室されました――

｛これでもう、隠してきた意味が全（すべ）てなくなるわ｝

――罪歌さんが入室されました――

――罪歌さんが入室されました――

――罪歌さんが入室されました――

｛強行手段に出てもいいってことよね｝

｛静雄（しずお）に会えたらしいのに｝

――罪歌さんが入室されました――

｛連絡が途絶えたわ｝

｛もう、あの子の気配を感じられない｝

｛あの子の気配を感じられない｝

｛タイミングが悪かったのよ｝

――罪歌さんが入室されました――

｛よくも私の姉妹を｝

｛タイミングが悪かったのよ｝

｛失敗した、失敗したわ、失敗したのよ｝
｛でも、今度は失敗しない｝
｛平和島(へいわじま)静雄に、愛を与えるの｝
｛静雄を愛することができれば、きっとこの町の全ての人間を愛することができるから｝

――罪歌さんが入室されました――

｛池袋(いけぶくろ)という人間の営みを、愛する事ができるから｝
｛現れて｝
｛私の前にもう一度現れて、静雄｝
｛私と私の姉妹達の前にもう一度現れて｝
｛今度は、もっともっと愛するから｝
｛姉妹は、私と同じ存在だから｝
｛みんなで、一斉(いっせい)に愛してあげるから｝
｛現れて｝
｛平和島静雄｝

――罪歌さんが入室されました――

｛静雄｝
｛静雄｝

｛静雄｝
｛現れないと｝
｛私は他の人を愛するわ｝
｛誰でも、誰でも、誰でも愛するわ｝
｛皆で一斉に愛するわ｝
｛池袋の人たちを愛して、愛して、愛して愛して愛して愛｝
｛して愛して愛して愛し｝
｛て愛して愛して愛して愛して愛して愛して｝
｛愛｝
｛して愛し｝
｛て愛して愛して｝

――罪歌さんが入室されました――

｛待ってるから｝
｛待ってるから｝
｛待って｝
｛待ってるから｝
｛南池袋公園で｝

｛南池袋公園で｝
｛南池袋公園で、今晩ずっと待ってるから｝
｛静雄を待ってるから｝
｛警察（けいさつ）も一般人も絶対に今日は池袋南公園に近づかせないから｝
｛囮（おとり）はばっちりだから｝
｛だから安心して静雄｝
｛池袋は、今夜混乱にまみれる｝
｛でも、安心して静雄｝
｛あなたは、私が愛してあげるから｝
｛私も愛してあげるから｝
｛私も愛してあげるから｝
｛私も｝
｛私も｝
――罪歌（さいか）さんが入室されました――
｛私も愛してあげるから｝
――罪歌さんが入室されました――
――罪歌さんが入室されました――

――罪歌さんが入室されました――

・・・・・

そして、セルティ達がチャットを確認した、その直後――

池袋で、五十四人もの人間が各所で同時に辻斬りの被害に遭うという、池袋の傷害事件の中でも最悪の部類に入る事件が発生した。

6章 妖刀乱麻
chapter.006 ヨウトウランマ
No.9.12 DRRR!!X2 RyohgoNarita
KEEP OUT

離れていく。
離れていく。
何もかもが、少年から離れていく。
少年はただ、誰かに愛されたかっただけなのに。
誰かを好きになりたかっただけなのに。
臆病(おくびょう)な少年は、自分を抑(おさ)える勇気すら無く、
愛する人を傷つける事を恐れ、
自分から誰かを愛する事をやめた。
恐れられ、恐れられ、誰からも愛されず——
ただ、時間は少年を怪物へと進化させ続けた。
もしもこの世に『暴力』を司(つかさど)る神がいるのならば——

――少年は、おそらくその神に愛されていたのだろう。

誰よりも、何よりも。

新宿

「なーんで、シズちゃんが俺のマンションの前にいるのかな?」

『苦々しい』という表現が似合う笑みを浮かべながら、折原臨也は苛立たしげに呟いた。

「……お前を殴りに来たからに決まってんだろう」

対する静雄は、口だけで笑顔を作り、その他の部分は全身全霊で怒りを満ち溢れさせている。

深夜の高級マンション前。コンビニから戻ってきた臨也が見たものは――マンションの扉を蹴り破ろうとしている静雄の姿だった。

そのまま放っておいて警察に逮捕させるのも良かったのだが、臨也はある可能性を考えて、仕方なく静雄の前に姿を現した。

――警察が来る前に、部屋で『首』を発見されても困るからなあ。

「なんで、殴られなくちゃいけないのかな?」

「ムシャクシャしたからだ」

「……いい年してそういうジャイアニズム100％な台詞は良くないよシズちゃん」

「うるせえな。あえて言うなら……手前が怪しいからだ」

唐突な静雄の言葉に、臨也は僅かに顔をしかめた。

「怪しいって何が」

「今、俺の街で騒いでる辻斬りの件……手前は、、、、、、、、、、どこまで絡んでる？」

ストレートな物言いに、臨也は呆れたように首を振った。

「なんで俺が絡むのさ」

「わけがわかんねーで物騒な事件は、99％手前が絡んでるからだ」

「残り1％を信じてくれないかな……」

「1％でも手前が信じられる要素のある奴だったら、多分俺と手前はもっと上手くいってただろうよ。なあ……イザヤ君よぉ？」

過去にあった様々な出来事を思い出しているのだろうか、静雄の顔にみるみる血管が浮き出ていく。何も知らない人が見たら何かの病気なのではないかと疑う程に。

「辻斬りの件が無かったとしてもよぉー、最近のブクロはなんか変だ。手前が原因だろ、ええ？一体何をたくらんでやがる」

「酷い言いがかりもあったもんだね」

臨也はにこやかに笑いながらも——既に両の手にはナイフが握られている。

静雄はそれを見てニヤリと笑うと、マンションの前にあるガードレールに手を置いた。

「？」

相手の奇妙な挙動を目の当たりにして、臨也は僅かに冷や汗を流す。

——まさか、ガードレールを引っこ抜いて戦うわけじゃないよな……。

だが、その『まさか』を平気で行うのがこの平和島静雄という男だ。

そして——彼の想像通り、静雄はゆっくりとガードレールに置いた手に力を込め始めた。

「……マジで？」

ならば、引っこ抜く前に刺すまでだろう。

刺す。そう決意した瞬間、臨也の顔から笑みが消える。

それを察した静雄は、逆に『やってみろよ』とばかりの笑顔を浮かべている。

どうしようもない緊迫が生まれた直後——その対峙は、『影』の乱入によって遮られた。

エンジン音も無く現れた黒バイクが、二人の間に割ってはいる。

「おやおや」

「セルティ……なんだよ？」

臨也と静雄がそれぞれ声をかけるが、セルティは取り急ぎ臨也に手をかるく振ってけん制し、静雄の方にだけPDAの画面を見せる。先刻のチャットのログをコピーし、PDAにデータを写したものだ。

静雄は暫く(しばら)ログを読んでいたが――やがて眉(まゆ)を潜め(ひそ)ながら、セルティに対して口を開く。

「……なんだこりゃ」

静雄は暫く考えていたが、妙に冷静な目になると、臨也の方を向き直って口を開く。

「……これも、手前の計算か？」

「なんの事か知らないけど、セルティが偶然ここに来てくれる事まで計算できるなら、俺はとっくに君の家に隕石(いんせき)でも落としてるよ」

静雄はそれでも暫く臨也の方を見ていたが――やがて、諦め(あきら)たように舌打ちすると、無言でセルティのバイクに跨っ(またが)た。

本当に、あの男はやりにくい。

高校の時から、利用できるものは全て(すべ)利用して成り上がってきた。だが――たった一人だけ、どうしても自分の思い通りにならない存在があった。それが平和島静雄だ。

――シズちゃんの事も、最初は利用できると思ったんだけどなあ。

走り去るバイクを眺めながら、臨也は皮肉げに微笑(ほほえ)んだ。

「まったく……単細胞の癖(くせ)に、どうしてあんなに鋭いんだろうねえ？」

その笑顔は、どこか嬉しそうでもあり、苛立たしげでもあり。

「これだから、俺はシズちゃんのこと、大嫌いなんだよ」

♂♀

杏里の家

「貴女のこと、調べさせてもらったわ」

ナイフを手にした春奈は、ゆっくりと立ち上がりながら杏里に語りかける。

表情は天使の微笑みを絶やさぬままに、ただ、両目だけを悪魔のように紅く染めて。

「くだらない人間よね。中学の時からずっとずっと、張間美香って女の腰巾着みたいに生きてきて……最近は男二人に色目を使って、その上で隆志にまで手を出したの……？」

顔は笑顔だが、吐き出される言葉には悪意しか籠っていない。

対する杏里は無言のままで、春奈の言葉を静かに受け止めている。頭の中では、この後どう行動すべきかを必死に考えているのかもしれない。

だが、そんな杏里にはお構いなしに、春奈はなおも悪意を吐き続ける。

その表情だけを見れば実に美しく、まるで終末を告げる聖人のように、杏里に向かって絶望の言葉を吐き捨てた。

「おまけに……5年前に家に強盗が入って、両親が殺されてるんですって？　貴女も同じ部屋にいたのに、貴女は犯人を目撃してないって言ったらしいわね……どうして？　見てない筈は無いでしょう？　どうして貴女だけ助かったのかしら……？」

帝人や正臣すら知らない筈の事実を指摘された杏里。

だが、その表情に変化はない。

口を開こうともしない。

表情の変化や反論で解決できる程に簡単な思いではないのだろう。春奈はそう感じながらも、なおも言葉を止めようとはしなかった。

「もしかして、強盗にも色目を使ったのかしら？　まだ小学生だった貴女が？　犯人はロリコンだったのかしら？」

そこまで言われても、なおも杏里の表情は変わらない。

心の中が春奈に対する怒りで満ちていたかといえば、そういうわけでもない。

ただ、彼女の中には疑問だけ渦巻いていた。

——何故、こんなことになっているのだろう。

自分はただ、平穏に暮らしたかっただけなのに、どうしてこんなことに巻き込まれているのだろう。

杏里はいつものように、世界を額縁として捉えようとしたが——目の前にいる女が握るナイフの輝きが、完全に相手を否定することを許さなかった。

平穏が、音を立てて崩れていく。

もう、戻れないのだろうか？　何事も無い現実は訪れないのだろうか？

このままなし崩しに、あの永遠とも思われた夢の世界まで壊れてしまうのだろうか？

解決方法は、ある。

目の前で勝手なことを言う女に、何か怒鳴り返してやればいい。戦えばいい。相手をそのまま潰してしまえばいい。

だが、その決断を迫られる事自体が、彼女にとって何よりの苦痛だった。

——私は、戦いたくないだけなのに。何とも争いたくない。誰とも競いたくない。平穏な人生を送りたいだけなのに、私が戦うのは平穏を望む時だけなのに、こんな無駄な戦いをする為に、私は生きてるんじゃないのに……。

「楽な生き方よね。他人に自分の人生を寄生させて生きてるんだから」

春奈がそう呟いた瞬間——杏里は、ようやく反論の声を上げた。

「……なんかじゃない」

「え？」

「楽……なんかじゃありませんよ。人に依存して生きるのも……特定の人に気に入られる為に

……寄生虫って、自分でもいい例えだと思います。だけど……自分が寄生しても追い出されないようにする為に——どれだけのものを犠牲にしなきゃいけないか……わかりますか？」

そう語る杏里の目には、確かにある種の『強さ』があった。

普通、他人に依存して生きている人間は、それを指摘されるとムキになって否定する事が多い。彼ら自身も、その生き方がカッコ悪いと思っているからなのかもしれない。杏里もまた、誰かに自分の人生を依存させる事がカッコいいとも正しいとも思ってはいなかったが——自分でそれをハッキリと理解した上で、自分から望んで選んだ生き方なのだ。

出会ったばかりの他人に否定されるのは納得がいかない。そんな思いが、彼女に言葉を搾り出させたのだ。

だが、春奈はそんな杏里の言葉を一笑に付すと、言葉にあからさまな憎しみを込めて怨嗟の言葉を紡ぎだす。

「……そうやって……自分を犠牲にして、隆志に気に入られようとしたわけね……」

「いいえ」

杏里は、今度はハッキリと否定の声をあげた。

「那須島先生には……その価値はありません」

意外な程に力強く告げられたその言葉に、春奈の笑顔が即座に固まった。

彼女は表情を完全に消し去ると、紅い目を細めながら、ナイフを握る手に力を込める。

「へえ……そうなんだ」

明らかに空気が変化したが、杏里は春奈から目を背けようとはしなかった。先刻までビクついていた少女が、どういうわけか、今では春奈に対して全く気後れしていない。

だが、春奈はそんな事はどうでも良かった。今の彼女の中にあるのは、邪魔者であり、同時に那須島隆志の事を侮辱した女を殺すという思いで満たされていたのだから。

「じゃあ、死んで」

淡々と呟いて、ナイフを杏里の喉に向かって突き出そうとした瞬間――

部屋に、チャイムの音が響き渡る。

もう夜中を過ぎようという時間帯に、何故チャイムが鳴ったのだろうか？

春奈は自分の事を棚にあげて、その奇妙な出来事を疑問に思った。

「貴女のお友達かしら……？」

そう尋ねられたが、杏里には心当たりがまるで無い。

もしかしたら、今度こそセルティが戻ってきたのだろうか？

「まあいいわ。先に貴女のお友達を目の前で刺して――それから、ゆっくりと貴女を始末してあげる」

再び顔に笑顔を取り戻しながら、彼女はゆっくりと玄関に向かい、その扉を内側に押し開く。

そして、その瞬間――春奈と訪問客。その両方の時間が止まる事となった。

「贄……川？」

「隆志……ッ！」

杏里が遠目にドアの外に目を向けると、そこにはなんと那須島の姿があるではないか。

ある意味春奈以上に驚愕を覚える訪問者だったが、今となってはどうでもいいことだ。ただ、

——どうしてここに。

杏里は静かに事の成り行きを見守る事にした。

「ああ……ああ！　隆志……隆志、隆志、隆志！」

感極まった表情で、涙目になって愛する者の名前を連呼する春奈。

それに対する、那須島の反応は——

「あへあああああッ！」

奇妙な悲鳴を上げたかと思うと、身体を90度反転させて、アパートの廊下を一目散に駆け出した。

つまりは——春奈の顔を見て、逃げ出したのだ。

——えッ？

那須島が何故ここに来たのかも疑問だし考えたくもなかったが、今の光景は、杏里に別の疑

問を抱かせる。

――なんで？　二人は……付き合ってたんじゃないの？　てっきり那須島先生が無理矢理関係を迫ってたと思ったけど、それは違ったみたいだけど……じゃあ、なんで今、先生は逃げたの？

「待って！　隆志ッ……！」

逃げた那須島を追うように駆け出そうとする春奈。だが、思い直したようにその場に踏みとどまって、杏里に向かって淡々と告げる。

「……私の手で始末したかったけど……今は貴女に構ってる暇はなくなったわ。だから――貴女はみんなに殺してもらうわ」

「みんな？」

杏里は相手の言葉の意味が解らず、思わず呟き返してしまったが――その直後、彼女は春奈の言葉の意味が完全に理解できた。

「本当は、罪歌が静雄を愛するのに全員回したかったらしいけど……無理を言って連れてきた甲斐があったわね」

気が付くと――杏里の部屋の外に、数人の男達がぞろぞろと集まっていた。

皆、手にはカッターナイフや出刃包丁など、思い思いの刃物を持ち――

誰も彼もが、その目を紅く染めていた。

「罪歌の――子供達にね」

春奈はそう一言だけ告げると、そのまま那須島を追って夜の中へと走り去っていった。

静寂の訪れた部屋に残されたのは、杏里と、刃物を持った斬り裂き魔達。

後ずさる杏里に、男達は容赦無く刃物を振り上げ――今、まさに、惨劇の幕が開こうとしていた。

♂♀

南池袋公園

セルティの脳裏――どこに脳みそがあるのかは自分でも解らないが――に、チャットを見た直後の新羅の言葉がよみがえる。

「……この状況を分析しろというのなら――一つだけ、推測できる事がある」

「人間にだって、愛し合ったなら、その証を欲しがる奴も多いってこと。つまり、『愛の結晶』ってやつさ」

「お互いに愛しあったあとは、今度は二人が共通して愛することができるものが欲しくなるものだよ。……まあ、その代表は——子供だろうね、やっぱり」

「そう……罪歌は、子供を生むんだよ。斬った人間の魂に、子を宿すんだ」

「罪歌は——人間を愛しているんだ。本当に愛しているんだ」

「だから、完全に融合したいんだよ、人間と……人類と——」


まさか、とは思ったが、今回の事件ではその『まさか』が次々と現実になっている。考えてみれば、自分の存在自体が既に『まさか』なのだから、その状況に文句を言っても仕方が無いだろう。

セルティはそう考えながら、周囲にゆっくりと意識を向けた。

静雄を乗せて、南池袋公園までやってきたセルティ。バイクを公園の中央に止めて、周囲の様子を窺い——

心中で、再びその言葉を呟いた。

——まさか。

最初は、公園には誰もいないと思った。普段ならば深夜でも誰かしらいるものなのだが、今日は人っ子一人いないのだと。

だが、セルティと静雄が公園の中に入った瞬間から、ぽつり、ぽつりと、どこからともなく人影が公園の隅に現れ始めた。

まるで細菌のように、全体の数が増えるに従って徐々に増殖スピードが増えていく。

ネズミ講のような倍々ゲームはほんの30秒ほど続き——その間に、セルティと静雄はすっかり『人間』に囲まれてしまっていた。

——五十人じゃきかないぞ、これ。

セルティと静雄を取り囲む人間達は、実に様々な種類に分かれている。

サラリーマンから街のチンピラ、まだ小学生と思しき子供、主婦、女学生……

黄色いバンダナを巻いた者も何人か見かけるし、ダラーズのメンバーと思しき者も存在していた。

不ぞろいな集団という点で、セルティと静雄は、そろって1年前の『ダラーズ』の集会を思い出していた。ただし、あの時とは違う点が二つある。

一つは、人数ならばおそらくダラーズの方が多いだろうという点。

もう一つは——集まった誰もが手に何らかの刃物を持ち、その両目は、誰一人として例外無く——血の色で紅く染まっているという事だった。

各々の持つ刃物は実に多岐に渡り、ナイフやハサミはおろか、高枝専用の長バサミやチェーンソーを持っている者まで様々だった。

おそらくは、彼らは全て、一連の斬り裂き魔事件の被害者なのだろう。

——犯人が捕まらない筈だ。

よく見ると、病院から抜け出したと思しき格好の人間まで存在している。

——被害者全員が罪歌に乗っ取られて、偽証してたんだからなあ……。

セルティがどう動くべきかと思案していると——周囲を取り囲んでいた百人ほどの集団の中から、来良学園の制服を着た女子高生が歩み寄ってきて、おもむろに口を開いた。

「会いたかったわ。平和島静雄さん」

セルティ達は知るよしもなかったが、彼女は杏里の目の前で斬られた、虐めっ子の一人だ。

彼女の言葉はセルティを完全に素通りして、バイクの後部に跨っていた静雄にのみ投げかけられる。

「本当に素敵ね……あなたが私の『姉妹』を倒した時、遠くから見させてもらってたけど……」

——どこから見てたんだ？

セルティは疑問に思うが、これだけの人数がいれば、一人ぐらいは見ていてもおかしくは無いだろう。だが、どうやら『意識』まで共有しているわけではないのだろうか？

「私の口から、他の姉妹にも、母さんにも、貴女の強さを伝えたわ……ネットって便利ね。昔はあんなもの無かったから、私達『罪歌』同士が意思を共有するのも難しかったんだけど……自分自身に何かを理解させるのには、メールの一つもあれば簡単だものね」

淡々と自分達の特性について述べていく女子高生の斬り裂き魔。それは、特性を述べたところでセルティや静雄にはどうする事もできないだろうという余裕の表れなのかもしれない。

「最初は私達の『意識』が言葉を覚えたりするのが大変だったけど……もう、みんな母さんと同じぐらいハッキリとした意思があるわ」

少女が一言語るごとに、周囲の人の輪が徐々に徐々に狭まってくる。

もはや、何をきっかけに一斉に飛び掛かってくるか解らない距離だ。

「だけど静雄さん、あなたの強さを、もっともっと詳しく知りたいの。もっと見せて欲しいの。今度は、みんなの前で……そしたらきっと、今以上に貴方を愛する事ができるから……」

恍惚とした表情で少女は——いや、少女の心を乗っ取った『罪歌』は、静雄に向けて手に持ったバタフライナイフを構えてジリジリと歩みよってくる。

それまでの様子を見て、セルティは敵について推測を固める事にした。

——なるほど。斬られたら別々の『罪歌』が被害者の中に生まれて……そのまま身体を乗っ取るわけか。そして、適当な刃物を持って、その刃物を新しい自分の身体として生まれ変わらせるって事か。

新羅が包丁を持っても何もなかった事から、刃物自体が妖怪化するわけではなさそうだ。もしかしたら、罪歌とは妖怪ではなく——催眠術の一種なのかもしれない。人を斬ることで、その恐怖を媒介として、相手の心に『種』を植えつける。そして、その種は加害者と全く同じように成長し、無限に増え続けていく。そういう種類のものなのかもしれない。

だとしたら、『罪歌』は果たして生命体なのだろうか？

そんな疑問も心をよぎるが、残念ながら、今のセルティにはその考えをまとめる余裕は無い。

手から巨大な鎌を生み出し、如何にして被害者を殺さないように戦闘力を奪うかを考えていると、バタフライナイフの少女が、口を歪ませながら静雄に愛の告白を行った。

「さあ！　愛し合いましょう？　どこまでもどこまでも、貴方が疲れて動かなくなっても、私達が一方的に愛してあげる！　愛し続けてあげる！　そこにいる化け物以外、誰の邪魔も入らないよ？　今日はここから離れた場所で、何人かの姉妹が新しい姉妹を増やし続けてるから！　この街の人を愛し続けてるから！　お巡りさん達は、みんな大忙しだからね！」

嬉しそうに笑う少女に釣られて、周囲の『罪歌』達も楽しそうにケタケタと笑う。

セルティはそんな集団に不気味なものを感じながら、今回こそは静雄も危ないかも……と、背後にいる男に意識を向けた。

ところが――静雄は怒るでもなく、さりとて何かを恐れているわけでもなく――無表情のままで、静かにバイクを下りて少女達の前に立ちはだかった。

「一つ、聞いていいか」

「なにかしら？」

「お前らよ……なんで俺のことが好きなんだ？」

思い切り場違いな言葉に、セルティは思わずバイクから落ちかけた。

——空気読めよ！　そんな場合か！

そう突っ込みたかったが、もはやそんな暇すらも無い。その筈なのだが——罪歌達は余裕なのか、少女が代表して答えを紡ぎだす。

「強いからよ」

「……」

「あなたのそのデタラメな強さ……権力や金に頼らない、人間の本能としての絶対的な、それでいて暴力的な徹底した強さ。それが、私達は欲しいの。それに……貴方みたいに危ない人、好きになってくれる人間なんかいないでしょう？　怖いもんね。だけど——私達なら、貴方を愛してあげられるわよ？」

少女は一旦構えを解き、目の前の男に自分達の生きる意味をつとつとと語りだした。

「私達は、人類全てを愛してるの。でも、もう愛するだけじゃ足りない。私と人類の間に子供を増やすだけじゃもう足りないの。愛しても愛しても愛しても足りないから——私は、人間全てを支配したいの。そして——その為には、優秀な子孫を残したいの。たとえば、貴方みたいに強い人とか、ね。人間でも、優性遺伝を残そうとかしたりするんでしょう？」

——どこぞの独裁者みたいなことを言い出したな。

セルティは呆れながら、静雄の顔を覗き込んだ。おそらくは静雄の事だ、この身勝手な発言にどれだけ怒りを爆発させるのだろうかと期待していたのだが——

「はは……」

——笑ってる!?

「ハハハ……ハハハハハハハハハ」

それは、いつもの怒りを誤魔化すための笑いではなく、心の底からの穏やかな笑いに見えた。

『しっかりしろ静雄。駄目そうだったらなんとかお前だけでも逃がしてやるから』

百人ほどの斬り裂き魔に囲まれ、とうとう気がふれてしまったのだろうか？　セルティがおろおろしながら静雄の反応を待っていると、静雄はゆっくりとその口を開き——罪歌達の『愛の告白』に対する答えを紡ぎだす。

「いや……セルティ。正直な、嬉しいんだよ俺は」

「え……？」

どうやらその反応は『罪歌』にとっても予想外だったようで、周囲の人間達は互いに顔を見合わせる。

「俺は、この『力』が嫌いで嫌いで仕方なかった。俺を受け入れてくれる奴なんて誰もいないんだと思ってな」

ほんの少しだけ、過去を語る静雄。その言葉の中には、様々な感情が込められているように感じられた。

「だがよ……もう、いいんだよな？　こんな俺を愛してるって奴が、いち、にい……まあ、たくさんいるわけだ。だから……もう、いい、い、いいんだよな」

嬉しそうに嬉しそうに、歯を強く噛み締める。

「俺は——自分の存在を認めてもいいんだよな？」

楽しそうに楽しそうに、拳を硬く握り締める。

「俺は——自分を好きになってもいいんだよな？」

幸せそうに幸せそうに眼を見開いて——サングラスを外してポケットにしまい込む。

「嫌いで嫌いで嫌いで仕方なかったこの『力』をよお……。消したくて使いたくなくてしかたなかったこの『力』をよ……。俺は、認めてもいいんだよな？　使ってもいいんだよな？」

「俺は——俺は——全力を出しても、いいんだよな？」

そして次の瞬間——平和島静雄は、生まれて初めて自分の意思で全力を出した。

いつものように、怒りに任せたものではなく——

自分の『力』を愛してくれるモノが存在するという事実が嬉しくて。

そして——彼は、罪歌達にとって絶望的な言葉を呟いた。

「ああ、ちなみに……俺にとってお前らみたいなのは……全然、全く、これッッッッッぽっちも好みのタイプじゃないからよ」

「まあ、とりあえず……臨也の次ぐらいに、大嫌いだな」

♂♀

その公園から程近い場所——周囲に全く人気の無い路地で、二人の男女が愛を語らおうとしている。

男の方は愛の拒絶を、女の方は溢れる愛を——。

「ねえ……覚えてる？」

道端で腰を抜かしてる男に対して、女はただ、静かに言葉を紡ぎだす。

街灯と街灯の間で丁度薄暗くなる場所で、不気味な空気が周囲を支配していた。そして、その空気を生み出している張本人が、涙を流しそうな程に恍惚とした微笑で、ただ、愛の言葉をつらつらと。

「初めて貴方と会った時――私が虐められてるところを助けてくれて……そのあと、色々な相談にのってくれたよね……？」

女は、過去を思い出しながらうっとりと語る。

一方で、男の方は女の顔を恐怖の対象としか見ていない。

紅い眼球さえ除けば、女の方は大層な美少女であり、対する男はどこぞのゴロツキかと思うほどの強面だ。普通ならば、立場が逆でなくてはおかしいところだろう。

だが、男は完全に女を恐れており、彼女が語る言葉を欠片も耳にいれようとはしなかった。

「あれから、私はずっとずっと貴方の事を思ってたのよ……貴方もそれに気付いたんでしょう？　だから、貴方は私の愛に応えてくれた。私を受け入れてくれた……。私を金儲けに利用しようとさえしてくれたし、飽きたら捨てようとだってしてくれた。私ね……そうされる事の全部を受け止めて、許して、愛してきたよ？」

「ひッ……ひぃあぁ……」

「でもね、足りなくなっちゃったの……それじゃ物足りなくなっちゃったのよ……そしたら――罪歌がね、私に話しかけてくれるようになったの」

手元のナイフに自分の目を映しながら、女はその刃を己の腕に軽く走らせる。

白い肌に線が浮かび、その切れ目から赤い液体がジワリと滲み出す。

「こうやって私の血をあげたら――少しずつ、少しずつ……ね？」

「ひッ……ッ！」

少女の瞳は腰を抜かした男を見ているが、心は既に遠いところを見つめている。

今の少女に、目の前の男の姿は映っていない。

蜜月を思い出しながら、その時間の中に生きる幻想の男を見ているのだろう。

「ねえ……今日は……今日こそは――私の愛を、受け入れてくれる……？」

そう言いながら、彼女はナイフをゆっくりと男の喉下へと近づける。

ゆっくりと。

ゆっくりと。

まるで生まれて初めて口付けをする子供のように。

銀色の刃を男の中に染み込ませようと、

ナイフを通じて、身も心も一つにしようと、

男の心も身体も切り裂いて、全てを曝け出させようと――

「あぁあぁあぁああぁ、まま、待て、待ってくれれれ！」

男は必死で相手を拒絶しようと足をばたつかせるが、僅かに後ろに下がった背中は、無機質な石塀によって行き場を失った。

それでも足をばたつかせ続ける姿は醜いとしか言いようが無かったが、そんな姿は今の少女の目に入らない。

もはや我慢の限界といった様子で、少女はナイフを握る手に力を込め——

「待って！」

愛する者へと自らの分身である刃を突き出そうとした瞬間、彼女の背後から聞き覚えのある声が投げかけられた。

邪魔が入った事に気付き、少女の世界が急速に崩壊する。

少女と男という幻想的で抽象的な二人ではなく、贄川春奈と那須島隆志という現実に引き戻され——春奈の目には、精一杯自分を拒絶しようとする那須島の姿が飛び込んできた。

「……」

愛の世界から『醒めた』事に気付き、春奈はそこで初めて笑顔を完全に消して、声のした方に身体を向けた。

そこには息をきらせた杏里がおり、力の籠ったまなざしでこちらを見つめている。

「……どうやって逃げてきたの？　五人はいた筈だけど……」

春奈の問いには答えず、杏里は息を落ち着かせながら自分の希望を口にする。

「もう……もうやめて下さい、贄川先輩……その刃物で……人を傷つけるのは、もう……」

「貴女には関係ないでしょう？　それとも、自分が死にたくないだけかしら？」

「いいえ……関係……無いわけじゃないですから……」

「？」

杏里が何を言っているのか解らなかったが、春奈は必死で他の『罪歌』から逃げてきた為に混乱しているだけだろうと判断した。

「とにかく、園原さん……貴女の言葉にはなんの力も無いわ。他人に寄生する生き方しか選べなかったような弱い人間に、私と罪歌の愛をどうこうする資格なんてありはしないんだから……」

威圧を込めた春奈の言葉に、杏里はハッキリと言葉を返す。

「間違ってると思う事を止めるのに資格なんていりません……それに……言葉の力と、生き方なんて関係ないと……思います」

気おされることもなく、逆に相手の言葉を押し返すかのように。

「他人に依存する生き方しかできなかったから弱いんじゃないんです……。そう生きる事を選んだ。ただ、それだけなんです」

「屁理屈を……」

「人が、強いか弱いかなんて……生き方だけで決めて欲しくない！」

春奈の言葉を、杏里は己の言葉の力で封じ込める。

目の前の少女が、先刻までのオドオドしていた少女と同一人物とは思えない。春奈は疑問に思ったが、それを問いただすつもりも無かった。

ただ、自分の愛の力を信じて——目の前の少女を殺せばいいだけの話だと。

僅かな沈黙が二人の間に流れ、春奈が静かに言葉を紡ぎだす。

「ねえ、園原さん……あなたは、人間を愛した事って、あるかしら……？」

再び顔に笑顔を戻して、唐突に杏里に『愛』を問いかける。

杏里は不思議そうな顔をするものの、春奈を『説得』するのが目的である彼女は、なんとか相手の言葉に答えようとする。

「……多分、無いで——」

「私はあるわ！」

杏里の答えを無視して、彼女は自分の事だけを語りだす。

「初めて『罪歌』が語りかけてきた時、私はこの子に身体を乗っ取られそうになったわ……でも、この子ったら……隆志を斬れだなんて言ってくるのよ……私の愛する隆志を傷つけるなんて、そんな事はできないわ！　私、必死に抵抗して抵抗して——」

言葉と共に、腕を強く振るう。ナイフのきらめきが夜の闇に浮かび上がり、そのとてつもない威力をリアルに想像させる。

「私は逆に、妖刀を支配したの！　罪歌を支配したのよ？　愛の力で！　愛の力で！」

「え……？　でも、今、斬ろうとしてるじゃないですか……」

「ええ、私も最初は、罪歌の言ってる事が間違ってると思ったの。だけどね……少しずつこの子の話を聞いてたら……それが正しいって解ったの。相手を完全に支配する事……相手の心に完全に自分を植えつける事が、永遠の愛の形なんじゃないかって」

ただでさえ赤くて迫力のある眼球が、狂気の色に染まってますますその異常性を高めていく。

「たとえ――それが愛する人を殺す事になっても」

それが、合図だった。

春奈は腰を低く構えると、杏里の喉笛に目標を定め、相手を完全に殺す為に全身に力を込め始めた。

先手必勝という言葉もあるが、相手は素手の少女一人だ。何を恐れることもないだろう。

「……今度は、助けなんか来ないわよ。人を愛する力も無い貴女が――私をどうにかするなんて不可能よ。おこがましいにも程があるわ！」

そして、そのまま杏里に向かって突進を始める。

杏里が何か口を開こうとするが、知った事ではない。そのまま喉笛を斬り裂こうと、精一杯の殺意を込めた一撃が放たれ――

夜の闇に、金属音が響き渡る。

——え？

春奈には、何が起こったのかわからなかった。

ただ、自分の目の前には己の理解を遥かに超えた光景が広がっていた。

杏里の右腕が——喉を狙った刃物の一撃を受け止めていたのだ。

「どういう……こと？」

その問いに答える代わり、杏里は先刻言いかけた言葉をそのまま紡ぎだす。

「……確かに、私は人を愛する事ができません。5年前のあの日から——人を愛するのが、怖くて仕方なくなったんです」

5年前というと、例の強盗に両親を殺されたという件だろう。だが、それが今のこの状況となんの関係があるというのだろうか。

混乱する春奈に向かって、杏里は静かに自分の事を語り続けた。

「だから……私は、自分に足りないものを補う為に、他の何かに依存して生きてるんです……はい、それは認めます。自分が選んだ生き方ですから……」

ナイフと触れ合う杏里の腕。袖が切れたその奥に見えるものは——銀色に輝く、玉鋼の塊。

「まさ……か……」

「だから私は、人を愛する事も——依存する事にしたんです」

杏里はそのまま左手を右手首に持っていき——そのまま、右腕の中から現れた剣の柄を握りこみ、己の腕から思い切り引きはがした。

メリメリという音と共に、少女の腕から一振りの日本刀が現れる。春奈は、その異常な光景に、ただ言葉を失うことしかできなかった。

「贄川先輩が他の人を斬って『罪歌』の『子供』を造ったように――先輩の『罪歌』も、『子供』の一振り……なんです。大本の一振りは――ちゃんとした、刀の姿を持ってるんですよ」

「そんな……そんな⁉」

「私は人を愛せない。だから――」

独り言のように呟く杏里。その両眼が、文字通り怪しく光る。

「だから私は、私の代わりに人を愛する――『罪歌』に依存して……」

まるで眼の中に赤い蛍でも宿ったように、怪しくも柔らかい灯がともり――その光は杏里の眼鏡のレンズに反射して、まるでレンズが巨大な赤い眼のように見えた。

「いえ……寄生して、生きてるんです……」

♂♀

少年は、好きになった子がいないわけではない。

だが――いつもの調子で力を抑える事ができず、彼女を助けようとしたのに、逆に大怪我をさせてしまった。

一度ではない。何度も何度も、そんな事の繰り返しだった。

いつしか少年の周りに寄り付く者は誰もいなくなり、
成長しても、やはり近づく者は皆無だった。ただ一人、折原臨也という男が彼に近づいてきたが——それは常に少年を利用する為であり。そもそも男だったので愛とか恋とかそういう感情とは無縁だったのだが。

少年は、いつしか割り切っていた。

唐突に悟りを開いたわけではなく、長く同じ事を繰り返すうちに学習しただけなのだが——

自分は、誰かに愛されたいだけなのだ。

でも、自分からは——人を愛してはいけない。

自分が近づくと、好きになった相手を傷つけてしまうから。

本人の意思とは関係なく、しかし、確実に少年自身の力によって。

その力が、何かを守るための力ならば——少年はまだ自分を許すことができただろう。

だが、その力が世間でなんと呼ばれているか、彼は正確に理解していた。

『暴力』

単純な響きだ。力など使い方次第で暴力にも正義にもなりえると言う者もいるが——ならばなおさら、彼の力は暴力以外の何物でもなかった。

少年は自分の感情の高ぶりを抑える事ができず、怒りのままに『力』を振るう。

もはや、自分の意思すらをもはるか後方に置き去りにして——

ただ、ただ——力だけが、どこか少年の知らない場所へと到達してしまっていた。

時は流れ——成長した少年は、今、初めて相手の側から『愛』を語られていた。

そして青年となった男は、自分に純粋な『愛』を向けてくれた存在を——

思い切り、殴り飛ばしていた。


公園の中央で——セルティ・ストゥルルソンは、人々に死を伝える死神の騎士は、池袋の街を騒がせる『首無しライダー』は——

何もする事ができず、ただ、その場に立ち尽くしていた。

百人の斬り裂き魔に気おされたわけではない。

彼女は最初、自分達を取り囲む赤い目の集団を見て、1年前のダラーズの集会を思い出していた。

だが、今の状況がもたらした結果は、1年前とはまるで逆だ。

平和島静雄というたった一人の男の腕力が——

百人の辻斬りを、圧倒していたのだから。

平和島静雄の戦い方は、実にシンプルだった。

殴る。

蹴る。

力任せにぶん投げる。

ただ、それだけだった。

殴る殴る殴る殴る、

蹴って蹴って蹴ってまた殴り、

人を投げながら後ろ足ではまた蹴り、振り返りざまに拳を入れる。

シンプルなシンプルな、格闘ゲームで言えばボタン一つで出る技の繰り返し。

だが——シンプル故に、その恐ろしさが身にしみた。

静雄が刃物を持った者の腕を殴れば、ただそれだけで相手の腕が嫌な音を立てて動かなくなる。牽制のローキックを入れれば、それだけで相手のひざが破壊される。

人を投げれば、まるで漫画のように水平に飛んでいく。

香港のアクション映画のように、華麗な体裁きで魅せるような戦い方ではない。だが、セルティは、いや、その場にいた百人の人斬り達でさえも、その姿に心を完全に奪われていた。

強い。

今の静雄を語るには、その単語で十分だった。

いや、あえてあげるならば――二つだけ不足があった。

怖い。

そして――か、っ、こ、い、い。


――こいつ……こいつ――

――強い強いとは思ってたけど……ここまでとは……ッ！


セルティが自分のすべての力を使ったとしても、影で鎌を生み出して襲い掛かったとしても、今の静雄に勝てる気がしなかった。更に言うなら、勝とうという気も起きなかった。

格闘家ならば、自分よりも強い者と戦ってみたいと思う気持ちはあるだろう。セルティは、自分もどちらかといえばそのタイプだと思っていた。

だが、今の静雄とは、絶対に戦いたくない。

恐怖だけではない。

自分が真に感動した存在に――刃を向けることなど、彼女にできはしなかったのだ。

鬼、という表現は既に当てはまらないだろう。
今の平和島静雄は——まさしく、鬼神と呼ぶべき強さだった。
いや——そもそも、彼を表現する言葉など要らないのだ。
その強さだけが、言葉以上の言葉となって、世界に己の存在を知らしめているのだから。

静雄の強さについて、新羅がかつてセルティに語った言葉がある。

【太く太くなろうとする体中の筋肉繊維。だが、静雄の怒りは細胞達にそんな暇を与えない】

【そして——それは、奇跡か必然か——細胞達は、別の道を選んだ。筋繊維の束はそれ以上太くなる事を諦め、その細さのままで、より強靭になる道を選んだのさ。彼が細身の割りに力があるのは、それが原因の一つかもしれないね】

【最低限の再生。より強くなる為に、関節も骨すらも、静雄の生き方に成長の仕方を変化させたんだ。骨は鉄みたいに硬く、関節は脱臼を繰り返すうちに——癖を通り越して、より強靭になるように進化した。たった一代で、平和島静雄という短い人生のなかでだ！】

【これは——一つの奇跡だろうね】

奇跡。

いや、もはやそんな言葉すら生ぬるいのかも知れない。

静雄の強さは、どんな言葉を用いても、もはやセルティに表現することは叶わなかった。

おそらく——スーパーマンや少年漫画の主人公を現実に目の当たりにしたら、同じような感慨を受けるだろう。客観的に見ているうちはなんとでも語れるが、実際に自分が同じ世界に入れば、己の価値観ごと吹き飛ばされる。

いまの静雄は、まさにそんな状態だった。

斬り裂き魔が持つ刃物によっては、静雄の倍以上のリーチを持つにも関わらず——あたらない。リーチなどという程度の有利は、静雄の前ではハンデにすらならない。

長い軌道の攻撃を寸前で避け——カウンターを入れるように、刃物を持つ男や刀身の横っらを殴りつける。相手がバランスを崩したと思ったときには、既に追い討ちの蹴りが叩き込まれていた。

その勢いは止まることを知らず、夕方から貯めに貯めた憤りを、全力を出せる喜びに乗せて完全に使い切るかの勢いだった。

百人近い『罪歌』達は、静雄のあまりの強さに一旦後ろに下がり、連携で攻撃を加えようと互いに目配せをし合っていたのだが——

突然、全員の動きが一致した。

公園の中にいた、静雄とセルティを除く全員が——ある方向へと向かって、同時に首を向けたのだ。

まるでシンクロナイズドスイミングのように、百人が全く同じタイミングで、同じ方向に眼を向けている。

──なんだ？

セルティもつられてその方向に眼を向けるが、そこには公園の出口があるだけだ。

彼女達は知りようもない事だったが──その時間は丁度、園原杏里が自分の腕から『罪歌』を引きずり出した瞬間だった。

「……もしかしてよ……この近くで、なんかあったんじゃねえか？　何かはよく解らないけどよ……」

行動に反して冷静なままの静雄の言葉に、セルティは同じ事を考えて頷いた。

「ここは俺がなんとでもすっから、ちょっと見てきたらどうだ？　どっちにしろ、お前いまなんもしてねえだろ」

セルティに気をつかった一言。いつもならば、ここで静雄一人を置いていく事には気がひけるだろう。

だが──今の静雄には、そんな必要は微塵も無いと感じていた。

セルティは餞別だとばかりに、己の手から『影』を生み出し──ヘルメットの時と同様に、一対の手袋を作り出した。

『鎌と同じ【特別性】だ。刃物ぐらいなら、受け止められる』

PDAにすばやくその言葉を打つと、セルティは手袋を静雄に投げ渡す。

心配だったからではない。

自分が目の当たりにした『伝説』に、少しでも自分が関わりたかったというだけだ。

「……ありがとよ」

静雄がニヤリと笑いながら手袋をはめたのを確認すると、セルティは動きを止めたままの斬り裂き魔達を蹴散らしながら、公園の外へとバイクを飛ばし、あっという間にその姿を消してしまった。

「さあて」

これで、事実上静雄は一人になった。

たった一人で、百人の斬り裂き魔を相手に立ち回ろうというのだ。

だが、負けるつもりは微塵も無い。

そして——周囲にいる『罪歌』達は、同じような事を考えていた。

この男を——愛しきる自信が無い、と。

♂♀

どうなっているのだ。どうなっているのだ。

相手も全く無傷なわけではない。

静雄の体には、無数の切り傷が刻まれている。しかし、未だに静雄が我々の愛を受け入れた様子は見られない。一度傷をつければ、その恐怖と痛みを媒介として、即座に我々の思念が流れ込む筈なのに。

可能性があるとすれば……静雄が人間ではないか、あるいは——

ああ……なんという事だろう。

この平和島静雄という存在は『恐怖』を一切感じていないのだ。

自分が傷つく事にだけではない。

今の静雄は、人を傷つける事にも、欠片も恐怖を抱いていない。

ただ、喜びをもって我々に破壊の意思を投げつける。

我々の愛の言葉を、受け入れたがゆえに。


……これは、恐怖か？

恐怖なのか？

愛すべき人間から恐怖を感じている。

なんという皮肉だろう。

愛の言葉を受け入れてくれた人間を、我々は今——恐れている。

恐怖している。

怖い。怖い。

怖い——

我らの愛の『言葉』を受け入れる者は——我らを恐れない。

さすれば、我らの『支配』という名の愛を注ぎ込む事ができない。

愛する事が——できない。

知っているのだろうか。我らの母はこの事実に気付いているのだろうか？

そして、母の更なる生みの親、我らの始祖たる存在は気付いているのだろうか？

我々が、こんなにも矛盾に満ちた存在だということに。

妖刀の愛は、人間という存在から見れば、すべてまやかしに過ぎないということに——

♂♀

それでもジリジリと間を詰めてくる『罪歌』達を前に、静雄は自然と笑みを浮かべていた。

——勘違いしてるんじゃねえぞ、手前ら。

——みんなが俺を怖がるから、俺は誰にも愛されない？　笑わせんな。

——怖いのは、俺だ。
——俺の方なんだよ。
——そう、俺は世界一の臆病もんだ。
——一番信頼しなきゃいけねえ手前自身が怖いってんだからな。
——だが、それがどうした？
——俺が臆病なことと——手前らをぶちのめす事には何の関連もありゃしねえ！
——それによ。

——俺のことを愛してくれる奴の前で、倒れるわけにはいかないだろ？

♂♀

思えば、あの瞬間からかもしれない。
人を好きになる事まではできても——愛する事が怖くなったのは。
杏里は今でも夢を見る。
幸せだった頃の家族の夢を。みんなで仲良く笑いあっている頃の夢を。

だが、それは所詮嘘っぱちだった。

夢だから、というわけではない。

園原杏里に、そんな幸せな過去など無かったのだから。

杏里は小さい頃から、父親に虐待されて育ってきた。

顔を合わせれば必ずと言って良いほど罵られ、暴力を振るわれる事など日常茶飯事だった。

母親はいつも自分を助けようとしてくれたが――その母も、父親に殴られた。

そんな日々は徐々にエスカレートし、杏里が11歳になる頃には、暴力はエスカレートして少女の身体には生傷が耐えない状態だった。

酔っ払って、などではない。断じてそんな事はなかった。

父親は、杏里の顔は殴らなかったし、プールの授業がある時期などはあざが残らないような暴力をふるっていた。

計算していたのだ。学校などから警察に通報されないような、ギリギリのラインの暴力を。

杏里は次第に心を閉ざし、逃げる事もできずに日々を鬱屈とすごしていた。

その頃からだっただろうか。

街で、辻斬りの事件が発生し始めたのは。

「あなた……その刀……罪歌！」

春奈が驚愕したような声をあげて、杏里の刀を強く見つめる。

「その刀……間違いない……5年前に、私を斬りつけた、あの刀！」

杏里の想像通りだった。

春奈は杏里が持つ『罪歌』の被害者であり、少しずつ育っていった『種』が、那須島への思いなどから生まれた『隙』に乗じて、一気に彼女の心の中に成長したのだろう。

杏里が冷静に分析していると、春奈は憎々しげに言葉を紡ぐ。

「あなた……！　もしかして……殺したのね！　自分の両親を！　その刀で……！」

「……そうですね。私が殺したようなものなのかもしれません」

彼女は特に否定も肯定もせず、静かに刀を振り上げる。

静かに振り上げただけなのだが――刀の峰は正確に春奈の腕の急所を打ち、一瞬でナイフを床に落とさせる。

「あッ……」

焦った春奈は、落としたナイフを拾う為に腰をかがめるという、素人丸出しの行動に出てしまった。

その刹那、春奈の首には日本刀の長い刀身が添えられ――そのまま身動きが取れなくなった。

「……ッ！」

「……そっちの『罪歌』の子供は……戦い方までは、教えてくれないんですね。やっぱり……目的、意思は受け継いでも、経験や記憶は受け継がないんですね……」

淡々と相手のことを分析しながら、杏里は困ったように春奈に問いかけた。

「あの……お願いです。他の『罪歌』に、もうやめるように言って下さい……『親』である貴女が命令すれば、『子』もそれを感知する筈ですから……。貴女が『罪歌』に乗っ取られてるんだったら、その更に親である私の『罪歌』が命令しても止まるんですけど……」

「そんな……そんなはずない……！」

誰も傷つかないように『お願い』をした杏里だったが、その言葉は、春奈のプライドを著しく傷つけた。

「毎日毎日湧き上がってきて、私の事を乗っ取ろうとしてきた罪歌を、私は乗り越えた！　押さえつけた！　愛の力で！　それなのに、愛を知らない貴女に、私が貴女なんかに……ッ！」

悔しげに杏里の顔を睨みあげるが、対する杏里は、ただ悲しそうな表情で言葉を告げる。

「贄川先輩……少しだけ、聞かせてあげます」

「え……？」

「私の中にいつもいつも響いてる——罪歌の、『愛の言葉』を——」

杏里はそっと刀を春奈の首からずらすと、切っ先を僅か1ミリ程、少女の腕に染み込ませた。

春奈の脳にはチクリという痛覚が走り——

そこから、彼女の心に『愛の言葉』が
が
が
愛
愛
からね
き、好き、好
ら愛してる】【とて
人が好きよ】【野暮な事を聞かな
【誰が好きかなんて悲しい事を言わな
う、違うわ！　私は人間がみんなみんなみんな
が好きかって？　野暮なこと聞かないで！　全部よ
血汁が好き】【硬骨が好き】【愛だよ】【柔らくて、それを】
から許してあげる】【だから皆も私を許していいのよ？】【許さな
こまでして】【あ】【絶頂に達した時の斬り裂いた肉の断面がなにより
柔らかいのに固くて簡単に裂けちゃう筋張った筋肉が好き！】【それからね
こまでもしなやかなのに脆くて鋭くてザラついた硬骨が好きなの！】【愛は愛は

　震えるように柔らかくてサラサラとグチャグチャと纏わり付いて纏わりついて纏わり

　触れ合った時にとってもとっても響く声で愛を囀り叫んでくしょう?うらやましいわね私愛を語る言葉なんて無いんだものだから私はあなたに私を愛して欲しいのだからでもねだから足したいと思っててもだからあのね好きよだけどあなた一人だけを羨ましいわね死ぬ事だって愛の形だし性欲だって立派な愛の形よあら愛に定義を求めるのいけないわそんなことは心に対する侮辱よ定義なんていらない唯一つだけ言葉があればいいの愛してる愛して——

春奈の心が破裂しそうになった瞬間——杏里は静かに刃を引いた。

「……聞こえましたか？　罪歌の言葉が……」

聞こえた。というよりも、拒絶することができなかった。

それは、春奈が己の内から聞いた言葉とは比べ物にならなかった。

これはもはや愛ではない。

一つ一つの言葉を取れば愛を紡いでいるとも思えるが、一箇所に煮詰められて、ドロドロになったその『愛の言葉』の塊は、もはや聞く者にとって怨嗟の声としか受け取ることができなくなっていた。

「なん……で？　なんで貴女は、そんな呪いの声に耐えられるの……？」

「私は、色々と足りない人間です」

杏里は悲しげな眼のままで笑顔を作り、自分の持つ『罪歌』に眼を向ける。

「だから、自分に足りないものを補わなくちゃいけなくて……色々な『何か』に寄生して生きてます」

そして、自分自身に語りかけるように、小さな声で言葉を紡ぎ続ける。

「私には、人を愛する心が足りないんだと思うから……ずっとこの声を聞き続けるんです。聞き続けられるんです……ずっとずっと、客観的に……」

額縁の外から——。

杏里がそう思って俯いた瞬間、春奈はそれを隙だと判断し——足元から自分のナイフを拾い上げ、杏里に思い切り斬りかかった。

一度、二度、三度——人間の限界近い速さでナイフがきらめき、杏里の身体に次々と傷が浮かび上がる。急所こそは避けているものの、腕や足には大きな傷がいくつも刻みこまれていた。

「アハ……アハハハハ！　やったわ！　そうよ、貴女なんかに私が……」

春奈の哄笑は、全く長続きしなかった。

そこにはまったく冷静なままの杏里がいて——自分の喉には、いつの間にか切っ先が突きつけられていたのだから。

「ひッ……」

恐怖の声を漏らす春奈に、杏里は不思議そうに尋ねかけた。

「なんで、斬られるのを、怖がってるんですか？　……斬るのは、愛の結果なんでしょう？」

皮肉というよりも、本当に疑問に思っているような杏里の言葉。春奈は歯を食いしばると、精一杯の強がりで、目の前の少女に疑問を返す。

「ど……どうして、今、わざと斬られたの……？」

春奈もバカではない。冷静になれば、今、杏里が避けられるものを避けなかったという事ぐらいは理解できる。

その問いに対して、杏里は表情を消した眼を赤く光らせ——宣告する。

「どうしても辻斬りの人たちを止めてくれないなら……これから貴女に少し酷いことします。だから——これで、貸し借りは無しですよ」

「え……？」

自分で斬られておいてなんという言い草だろうか。しかし春奈は頭ではそう思うものの、心ではこれから何をされるのかという恐怖に震えていた。

そして——彼女の心の予想通り、杏里は切っ先をゆっくりと春奈の喉下に近づけた。

「少しだけ貴女の心を、罪歌に乗っ取らせてもらいます。大丈夫です……死ぬような事は無いと思いますから……」

「あ……あぁ……」

「……謝りませんよ。ここでまで謝ったら、私の生き方を否定する事になりますから。……はい、私はずるいんだと思います……貴女に酷いことをして、自分の平穏を守ろうとしてるんですから……。でも、仕方がないんですよ」

自虐的に微笑む眼鏡の少女。

それが、意識を乗っ取られる直前の春奈が見た最後の映像だった。

「寄生虫、ですから」

切っ先が喉の先に1ミリほど刺さり――愛の言葉が彼女の中に流れ出した。

それは、自分が5年前――辻斬り犯にほんの僅か斬られた時、一瞬だけ入り込んできた声であることを思い出した。

膨大な愛の呪いに流されながら、最後に春奈は杏里の声を聞いた。

「罪歌は――とっても寂しがりやなんです。だから、押さえ込んだとか、利用したとか、そんな寂しい事を言わないで下さい。私達から見たら、やり方は間違ってるかもしれないけど……罪歌は、私達人間の事が本当に本当に好きなんです……」

「だから……愛してあげて下さい」

「贄川先輩も――罪歌の事を……愛してあげて下さい」

「先輩は、私と違って……人を愛する事ができるんですから……」

♂♀

同時刻――

自分に向かってきた斬り裂き魔の一人から、突然敵意が消えたのに気付き——静雄は全身全霊で己の身体に命令を送る。

単純な一言——『止まれ』と、ただ一つの命令を。

今までは、それが止まる事はなかった。怒りの感情に支配された細胞は、結果として全てが終わるまで破壊を続けてきた。

だが、今は違う。

今の静雄は、怒りに支配されているわけではない。

喜び。ただ喜びのみを感じ、自分の意思で力を振るったのだ。

止まれ……止まれ……とまりやがれ、、、、、、！

静雄はそこで怒りの感情を発生させ、その勢いを全て自分の細胞へと向けて集中させた。

勢いのまま戦意を失った斬り裂き魔——つまりは、ただの一般人の顔面を砕こうとしていた拳は——

鼻先に到達する寸前で、その動きを完全に停止させた。

「……ハハ」

寸止めの形になった拳を見つめ——静雄は、気が付けば笑っていた。

「ハハハハハハハ……ハハハハハハハハハ……」

その笑いは、純粋な子供のようでもあり、狂気に満ちた殺人鬼のようでもあり。

──なんだよ。

──ようやく……俺の言うこと聞いてくれたじゃねえか。

その過程として生まれたものは、彼の背後に確かに形として存在した。

動けなくなるまで叩きのめされた『罪歌』達と──その傍らに転がる、セルティの手袋をはめた静雄の手によって叩き折られた、多種多様にわたる刃物の数々だった。

だが、一人も死人は出ていない。

彼は怒りとは違う感情で拳を振るった。喜びという、結局は力を使うにしては歪んだ感情ではあったのだが──結果として、彼は『手加減』することができたのだ。

それは、平和島静雄という人間の中で──『暴力』が『力』になった瞬間だった。

♂♀

5年前の夜──

杏里（あんり）の父親は、杏里の事を殺そうとした。
怒りに任せてなどではない。冷静な瞳のままで、杏里の事を殺そうと、のしかかって首を絞めてきたのだ。

おとうさん。
おとうさん。
苦しいよ。
いやだよ。
どうして私の首をしめるの？
どうしておかあさんが倒れてるの？
おかあさんとケンカしちゃいやだよ。
私もおとうさんとケンカなんかしたくないよ。
もう殴（なぐ）られても泣かないから、我慢するから。
だから、だから殺さないで。助けて、助けておとうさん……

少女の意識が薄れ掛けた時——彼女は、父親の背後で母親が立ち上がるのを見た。父はそれに気付かぬまま、杏里の首を絞めてくる。

父と母の間に何があったのかは解らない、どうして父が自分を殺そうとしたのかも。

ただ一つだけ確かだったのは――母が一言『愛してるわ。あなた……』と言って、どこから
か出した日本刀で父親の首を刎ね――返す刀で、その刃を自分の腹に突き刺した事だ。

母の手から離れた刀は――

杏里の足元に転がり、呪いのように『愛の言葉』を少女の心に流し始めた。

しかし――届かなかった。

その時初めて『額縁』の外から世界を、自分を眺めていた杏里は――罪歌の呪いの言葉でさ
え、心に届かせる事はなかったのだ。

杏里は呪いの言葉を受け流しながら、呆けたように罪歌を手に取り――罪歌の過去と、目的
と――自分の母が辻斬りの犯人だったという事を知った。

刀は杏里の身体に入り込み――ついに警察は、辻斬りの凶器を発見する事ができなかった。


「あ、杏里。杏里……なのか？」

那須島の声が背後から響き、杏里は心を取り戻す。

目の前には意識を失った春奈が倒れており、那須島はそれを汚らわしいものを見るような目

つきで見下していた。

「な、何をしたのか知らないが……こいつは前に職員室で俺に斬りつけてきた奴でな……問題にならないように学校で隠蔽して転校させたんだが……くそ！　まだ諦めてなかったのか、このストーカーめ！」

もはや教師としての尊厳も無い言葉で、汚い罵りの言葉を上げていたが――

「ひッ！」

唐突に悲鳴をあげて、杏里から後ずさった。

自分が持っている刀を見て驚いたのだろうか？　そう思ったが、どうやら違うようだ。

杏里が後ろを振り向くと――そこには、一台のバイクがエンジン音も無く現れていた。

セルティだ。

――よりによって、こんな時に現れるなんて……。

杏里はどこか諦めたように首を振ると、俯いたままでセルティに身体を向ける。

彼女が何かを言おうとした時――背後から那須島が肩を掴んできた。

「な、そ、園原、先生と一緒に逃げよう、な？　な？」

こんな状況でもなお下心を覗かせる男に対して、杏里は無言のままでその手を振り払った。

「どッ……どうして拒否するんだ？　な、園原、いじめっ子から助けてやっただろ？　前、な？」

「その借りは、もう返しました」

「ま、まさか今ので？　そ、そんな事を言っている場合じゃないだろう！」

「いいえ……今のは私の為にやっただけですから……」

疑問符を浮かべる那須島に背を向けたまま、杏里はセルティと那須島の両方にむけて言葉を紡ぎ始めた。

「私は——ついこの前まで、この黒バイクさんが斬り裂き魔だと思ってました……だから、先生が襲われてるんだと思って、もう、無我夢中で——力を、使って——先生を助けたかったから……」

「え……」

「先生が好きだからじゃありません。嫌いだからです……ッ！　だから、先生への借りは絶対に返しておきたかったから……！」

——あ。

杏里の言葉を聴いて、セルティは那須島の顔をマジマジと見て——気が付いた。

——このオッサン、あの時のチンピラじゃないか。

自分が杏里に斬られた夜の事を思い出して、目の前の男の顔もはっきりと思い出した。

——それにしても、こいつ教師だったのか？　教師のくせに、なんであんなところから金を持ち逃げしたりなんかしたんだ？

「でも、先生……不思議なんです。この黒バイクさん……とっても……とってもいい人なんです。私なんかよりもずっと強くて……真面目で……この街を守ってくれてるんです」

ようやく空気が冷えている事に気付いたようで、那須島はそれ以上声をあげることができなくなった。

「先生……先生……先生は、、、、、、、、、、、どうして黒バイクさんに追われていいたんですか？　いったい、何をやったんですか……？」

そして、ゆっくりと身体を那須島の方に向ける。那須島はそこでようやく杏里の持つ『罪歌』に気付いたようで、狂ったように声をあげる。

「お、おおお、おお、お前もか、お前もなのか杏里ぃ！　お前も、俺にその刀を向けるのかかかかか、かッ、カッ」

声が震えてしまい、それ以上はとても会話にならなかった。

「いいえ、先生」

杏里はうっすらと笑いを浮かべると、呪われた刀――既に彼女の一部となった『罪歌』を手に、ゆっくりと那須島に歩み寄る。

「私と贄川先輩は違います」

「私は――先生のこと、大嫌いですから」

♂♀

那須島が大慌て（おおあわ）で逃げていった後、杏里はセルティの方に向き直った。

もしかしたら戦う事になるかもしれないし、殺されるかもしれないといった、ある種の覚悟（かくご）を決めながら——

だが、そこで見たものは、倒れた春奈（はるな）を肩に担（かつ）いでバイクに跨（またが）ろうとしている首無しライダーの姿だった。

「え……？」

杏里は何が起こったのかわからず、セルティの行動を混乱しながら見守っていた。

そんな様子に気付いたのか、セルティは片手で器用にPDAに文字を打ち込み始めた。

『ああ、実は結構前から見てたから、事情は大体わかった。この子は俺が知り合いの闇（やみ）医者に見せるから、とりあえず安心しておいてくれ』

何事もなかったかのように語るセルティに、杏里は慌（あわ）てて口を開く。

「せ、セルティさん！　あの、私……！」

『謝るな』

彼女の言葉を予想したかのように、セルティはPDAの文字を大文字で突きつけた。

『自分が正しいと思う事をやったんだろ？　実際あの場じゃあれが正しいと思う。……まあ、首を飛ばすのはやりすぎだとは思うが、それは後で【罪歌】に文句を言うとしよう』

そのまま杏里の方に顔を近づけ、更に新しい文章を打ち込んできた。

『同情してるわけじゃないぞ』

誤魔化すように文字を打ちながら、どこか照れくさそうに言葉をつけたした。

『ただ――戦っても、勝てる気がしないだけだ』


セルティが去った後の路地で、杏里は静かに己の『罪歌』を握りしめた。

――同情……か。私は同情されても特に気にしないんだけど……。

だが、これといって杏里は自分がかわいそうだとは思わない。

悲しみも感じない。

これは、自分の選んだ生き方なのだから。

杏里はそう決意しながら、セルティが去り際に述べた言葉を思い出す。

『もし、自分で納得ができないっていうなら……私に謝る分、君が手に入れた力は、この池袋の町を守るのにでも使ってくれ。たとえばそうだな……百人ぐらいいる【罪歌】を操って、町のボランティア活動をするとか、池袋緑化募金運動に協力するとか……』

そして園原杏里は――セルティの言うように、『力』を手に入れた。

百人を超える『人斬り』の集団。普段は通常の意志を持って行動しているが、イザというときに杏里の意のままに操れる、忠実な仲間達。

重荷ではあったが、その重さこそが、何より杏里の望んでいたものだった。

宙をフラフラと浮いていた自分が、人の運命を握るという重圧によって、地面にしっかりと足をつけさせてくれたのだ。

重みでその場から動くことはできないかもしれない。

だが、自分はまだ、眼も口も手も――心だって、自由なままだ。

見たい方向を見る事ができる。

周囲の世界を聞く事ができる。

誰かにそれを語ることだってできる。

望むものを摑むことだって。

そして――まだ自分は、笑うことができる。

悲しくなんかない。

さりとて、楽しいとも言い切れない。

だから、彼女は笑う事にした。

それが単なる誤魔化しなのか、それとも彼女の本心なのか、自分自身でも解らぬまま——

彼女は、静かに笑い続けた。

嬉しそうに、悲しそうに。


その時、身体に響き続ける『罪歌』の声が一瞬止まり——【あなたの事は愛せないけど、嫌いじゃないよ】と言う声が聞こえてきた。

いや、正確には——聞こえたような気がしただけだったかもしれない。

「えッ……」

だが、既に呪いの声はいつもの調子に戻っており、杏里の言葉に答える事はなかった。

杏里は、自分が罪歌に慰められた事に気付き——

ほんの少しだけ、嬉しくなった。

チャットルーム

——罪歌さんが入室されました——

〔ええと、あの、まんがきっさからにゅうりょくしています〕

〔いままでどうも、すみませんでした〕

〔もう、でないとおもいます〕

〔ほんとうに、すみませんでした〕

——罪歌さんが退室されました——

——現在、チャットルームには誰もいません——

——現在、チャットルームには誰もいません——

——現在、チャットルームには誰もいません——

——現在、チャットルームには誰もいません——

——現在、チャットルームには誰もいません——

——田中太郎さんが入室されました——

【え？　あれ？】
【どういうこと？】

——田中太郎さんが退室されました——

——セットンさんが入室されました——

［まあまあ、いいじゃないですか。もう出ないっていうんですし］
［でも、普通にお話するなら、歓迎しますよ、罪歌さん］
［それじゃ、失礼しますー］
［おやすー］

——セットンさんが退室されました——

エピローグ&ネクストプロローグ
蒼天己……死？
epilogue and next prologue
アオゾラハステ゛ニ
No.9.12 DRRR!!X2 RyohgoNarita
KEEP OUT

池袋の町の中を、一台のバンが走る。

なぜか扉の部分だけ新品で、漫画か何かのイラストが描かれていて目立つ事この上ない。

「……ぜってーこの車使って悪い事はできねえな……」

知り合いに板金屋がいるというので、車のドアの修理を遊馬崎に頼んだのだが、結果として随分とマニアックな車体になってしまった。

「くそ、遊馬崎に頼んだらこうなるって解ってたのによ……」

門田がぶつぶつ言っている隣――運転席では、渡草が無言のままハンドルを握っている。彼は以前も遊馬崎達に車を一台燃やされており、彼らに対する怒りは相当溜まっている筈だ。

そして当の遊馬崎達は、後部座席で相変わらずの会話を繰り返す。

「あー、そうだ。今月の電撃文庫早く買わなきゃっすよ」

「ドクロちゃんも⑤巻が出たしねー」

「奇数巻だから、きっとまた最終回が載ってるっすよ」

「アリソンの子供の話も楽しみー」

門田がちらりと後ろを振り返ると、遊馬崎と狩沢が座席を取っ払った車両後部で、床に大量の文庫本や漫画を置いてゴロゴロと転がりながらそれらを読みふけっている。

——よく酔わねえな……。

関心しながら呆れたため息をつくと、遊馬崎達は尚もマニアックな会話を繰り返した。

「来月の電撃文庫も今から楽しみっすねえーっと」

「ああ、『ルナティックムーン』も来月最終巻だしねえ。トマズってショタでいいよねー」

「いかに二次元といえども、男に興味はないす」

「えぇー。ゆまっちのいけずー」

緊張感の欠片もない会話を聞いて、渡草の運転が僅かに荒くなったのが解り、門田は頭を軽く抑えながら前を向く。

遊馬崎達の行動は、確実に渡草を怒らせている。困った事に本人達は欠片もそれに気付いていないときている。

——だが、結果は結果だ、今更騒いでも仕方が無い。

自分達は今、こんな事で仲たがいをしている場合ではないのだから。

先日の、リッパーナイトと渾名される事となったあの夜。

一晩で五十人以上の被害者を出したその事件は、未だに解決の糸口が見えずにいる。

ただ、その夜の事件は、一連の『斬り裂き魔』とは別の犯行という見方で世論は統一された。

その最大の理由は——被害者が全て、黄色いバンダナを巻いた少年達だったからだ。

同時に、南池袋公園でも大規模な喧嘩があったようで、街に住む人間は皆カラーギャングか暴走族の抗争だと思っているようだ。

ただ一人、女子高生も被害にあったという事だが——それだけはいつもの斬り裂き魔と同一事件という事で処理された。

よってこの事件はカラーギャング同士の内部抗争という事でカタがつき、ただでさえ厳戒態勢だった街はさらなる緊張に包まれていた。

そして何より門田が不安だったのは——その犯人として、『ダラーズ』の名が挙がっているという事だった。

セルティと静雄が捕まえた斬り裂き魔は、結局他の事件の時にアリバイがあるということで、警察に突き出しても無駄だろうと病院の前で解放した。どうやら本当に何かに操られていたようで、当時の記憶が何も無いようだ。

目隠ししながら尋問をしたので、こちらが訴えられる可能性は少ないだろうが……とりあえずセルティが新羅を通して見舞い金を手配したらしいので、車で撥ねた罪悪感はあるものの、無理に気にとめ続けることもないだろう。

だが、その結果として、結局斬り裂き魔は捕まらず終いだ。

セルティから『もう心配は無い』というメールが来て、実際あのリッパーナイト以来同様の事件は起こっていなかったのだが——犯人が警察に捕まっていないという事は、社会は相変わらず不安に包まれたままだという事だ。

その不安が、いつか形となって自分達『ダラーズ』に向けられなければいいのだが。

門田はそう思いながら、窓の外に眼をやった。

街には黄色いバンダナをつけた人間達が溢れ、街をゆく人々の半分以上を占めている。

特に何もするわけではないが、彼らの眼には『何か』に対する敵意が満ち溢れている。

その敵意は池袋の町を黄色く染め上げ、

——黄天當立……か。

三国史の幕開けとなったフレーズの一部を思い出しながら、皮肉にも『黄巾賊』と名乗るカラーギャング達の姿を見続けた。

少年達はまだ若く、中学生はおろか、小学生も多数混じっているように見える。

門田はどこか苛立たしげに蒼空を眺めながら、いつか言ったのと同じ言葉を、以前よりも遙かに忌々しげな感情を込めて呟いた。

「……街が、壊れ始めやがった」

♂♀

くそ、くそ！　みんなみんな俺をバカにしやがって！　俺は教師だぞ!?　他の教師連中よりも遥かに有能な筈なんだ！　なのに、くそ！

どうするか見てろ、園原杏里め。

昨日の事を、明日の職員会議で問題にしてやる！　日本刀を持って私に切りかかってきたとな！　あの贄川とグルだったと言えば他の教師も信用するだろう。

くそ、贄川もちょっと遊んでやったらストーカーになりやがって！

そうだ、杏里もそれをネタに脅せば、金がひっぱれるんじゃないか？

俺には粟楠会がついてるんだ。そう言えばビビるだろう。

……ビビるよな？

刀より銃の方が強いからな。

よし、それでいこう。

園原も贄川も紀田も、俺を舐める奴はみんなみんな潰してやる……

同時刻——

「どうしたよ静雄。随分機嫌がいいじゃねぇか」

上司のトムに引き連れられて、出会い系サイトの借金取立てに向かう静雄。

普段はけだるげに仕事に赴く静雄だが、今日はやけに積極的だ。

「いえ。ちょっと昨日すっきりすることがあっただけですよ」

気のせいか、上司に対する敬語も少し流暢になっている気がする。

疑問に思いながらも、トムは今日の仕事を説明した。

「今日は悪質な奴でよー。五十万分も使っといて、『俺にはヤクザのバックがいるんだぞ』とか言って踏み倒そうとしてる奴でよ。んで、調べてみたらこれが爆笑もんよ。ヤクザのバックも何も、粟楠会が金主やってる闇金から金を借りてるだけらしいんだわ。よくそれで『関係者』だなんて舐めた口利けたもんだ」

「で、その舐めた口を利けなくすりゃいいんですね」

「……そうだけど……マジで今日は乗り気だなー」

「いや、ちょっと力の使い方に目覚めたみたいで、試したくて試したくて仕方ないんですよ」

そう言って、静雄はサングラスの奥で目を子供のように輝かせた。

結局的に『暴力』になる静雄の力。

だが、自分を解放して力を使う分だけ前向きになったのかどうか——それは、今後の彼の力の使い方次第だろう。

　さしあたって判断するのは、これから静雄に殴（なぐ）られる男だろうか。

「それが笑える事に、そいつ教師なんだとよ。そこの来良（らいら）学園の」

「許せないですね。……殴りがいがありそうだ」

「勢いあまって殺すなよ？　ええと……那須島（なすじま）……と、ああ、ここだここだ」

　アパートの表札を確認して、トムと静雄は扉の脇に立ってチャイムを押した。

　なんだ？　こんな時間に……。

　も、もしかしてあいつか？　あの情報屋か？

　あいつが——私を始末しにきたのか？

　それとも杏里（あんり）か⁉　贄川（にえかわ）か⁉　黒バイクか⁉

　くそ！　くそ！　こんなときに！　もう少しなのに！

　ただではやられんぞ。返り討ちにしてくれる。

　ドアを開けてみろ。この消火器で脳天を叩（たた）き割ってくれる。

「……でねえな。電気メーターは結構勢いよく回ってっから中にいると思うんだがなあ」

「あけます」

静雄がドアノブを握ると、バキリという音と共に、ドアノブごと鍵が破壊された。

そのまま、勢いよく扉を開けると——

中から消火器が現れて、静雄の脳天を強かに強かに打ち付けた。

沈黙

一瞬の静寂が走った後——静雄は自分の額に置かれたままの消火器を手で握り——握力のみで消火器の本体を握り潰した。
激しい空気音と共に、白い粉が那須島に向かって一気に吹き付ける。
「があッ！」
そして——むせる那須島を前に、静雄はゆっくりと額から消火器をおろしていく。
既に静雄の上司は安全なところまでダッシュで走り去っており、アパートの廊下には静雄と那須島だけが残されていた。
そして消火器の下から——大魔神のように、顔中に血管を浮かせた顔が浮かび上がった。

「……ッッッてーだろがコラァーッ！」

折れ曲がった消火器をメリケンサック代わりにして放ったパンチは、那須島の顔面を正確に捉え――そのまま、彼を夢の世界へと連れ去った。

爆弾のような音を立てたパンチを遠めに眺めながら、上司は安心したように呟いた。

「ああ……やっぱ静雄は、ああじゃなきゃな」

そして今日も――平和島静雄にとって、いつも通りの日常が始まった。

彼にとってだけ平和な、名前に恥じない静かな日々が。


次に那須島が眼を覚ました時は、既に4月に入っており、セクハラを訴えた女生徒達の手によって教師をクビになっていた上、ベッドの周りには粟楠会の若い衆が取り囲んでいるという状態だったのだが――

それはまた、別の話。

♂♀

「本当に大丈夫？　園原さん……」

病院のベッドに横たわる杏里を見て、竜ヶ峰帝人は心配そうに呟いた。

「畜生……辻斬り野郎め！　ごめんよー杏里ー。俺が24時間ついてりゃこんな目には絶対あわせなかったのによ……」

軽い冗談を交えながらも、珍しく真剣な怒りの表情を浮かべる紀田正臣。

二人は杏里が斬り裂き魔に襲われたと聞いて、学校をサボって駆けつけてくれたのだ。

色々なことを言われた気がするが、何を言われたのかはよく覚えていない。

ただ、とても嬉しかったことだけが杏里の記憶に刻みこまれる。

そして、その日の夜——彼女は、いつもの夢を見なかった。

だが、朝起きた時——決して絶望には包まれていなかった。


そして翌日も、帝人と正臣はやってきた。

紀田は看護婦さんを口説いていたが、不意に彼の携帯電話が音を立てる。

「正臣！　駄目だよ、病院の中は電源切んなきゃ！」

「わりぃわりぃ、気をつけるわ。あと、ちょっとメールで呼ばれちまってさ、今日は一旦帰る」

「ええッ、そんな」

「じゃ、また明日来るから宜しくな杏里。男は皆狼だから、帝人がなんかしたらすぐにナースコールのボタンをオンだ」

そんな身勝手な事を言って病室を去る正臣。あの言い方では今日はもう戻ってこないだろう。警察(けいさつ)の事情聴取があったりする関係で、杏里は現在個室に入れられている。看護婦の見回りはさっきすんだばかりで、暫(しばら)く人は来ないだろう。

つまり――今現在、杏里と帝人は病室の中で二人きりになっているという事だ。

チャンス到来。

不謹慎(ふきんしん)ながらも、帝人は今の状況を神に感謝した。普段は正臣の邪魔(じゃま)が入るところだが、今は本当に二人だけの会話ができるのだ。

もうすぐ杏里と出会ってから1年が経(た)つ。

いい加減に、単なる委員会のパートナーという間柄から脱却したい。

竜ヶ峰帝人は静かに呼吸を整えると、精一杯自分を演じることに勤(いそ)しんだ。

「あ、あのさ。園原(そのはら)さん」

「？　どうしたんですか？　竜ヶ峰君」

「園原さんって、好きな人とか――いるの？」

そんな事はありえないと思いながらも――心の底では、『実は、竜ヶ峰君のことが……』そう言って欲しかった。

殆(ほとん)ど神に祈るような気持ちで、帝人は杏里の言葉を待っていたのだが……

「うーん……あこがれてる人なら、いますよ？」

「……!? へ、へえ。そうなんだ。どんな人？」

帝人は【ガーン】という効果音に包まれながら、それを気取られないように言葉を返した。

「実は……警察には内緒にしてますけど……怪我をする何時間か前にも、一回斬り裂き魔に襲われたんです……。その時、色んな人が助けてくれて……特に、バーテン服を着た人と、もう一人の人が凄くかっこよくて……」

「バーテン服？」

——まさか静雄さんじゃないだろうな。

恐ろしい想像を振り払うと、帝人は黙って杏里の言葉の続きを待つ事にした。

(でも……あの人はきっと、私と同じ……自分から誰かを愛する事ができない人だと思う)

対する杏里は心中でそんな事を考えていたのだが、帝人にそんな事はわかるはずも無く、ただ心をやきもきさせ続けている。

「もう一人は……驚かないで下さいね」

「え？」

「あの……首無しライダーさんなんです！」

【ガーン】

本日二度目の効果音。帝人は自分の心が放った音にふらつきながらも、杏里の前では精一杯の笑顔を保って見せた。

「少しお話したんですけど……凄い行動的で、人を愛する事ができて……私に無いモノを全部持ってる人だなって思ったんです……。あはは、こんな事言っても、信じてくれませんよね？」

信じるも何も、セルティは帝人の知り合いだ。

それに、バーテン服との組み合わせで完璧にそれがセルティと静雄である事を理解する。

――ちょッ……まッ……え？　あれ？　だって、ほら、セルティは女で……え？

帝人は混乱しつつも、セルティは基本的に傍目には性別不明である事を思い出した。

――あの人、女だよ？

それを伝える為には、彼女に自分がセルティの知り合いだという事を伝える必要がある。

だが、それを説明する為に、下手すれば『ダラーズ』のことも話さなければならないかもしれなかった。

――それは駄目だ。園原さんを『こっち側』に巻き込むわけにはいかない。

帝人は必死に頭をめぐらせながら、杏里をやんわりと彼らから遠ざけようとする。

「いや……でもさ、ああいう首無しライダーの人とかはさ……ほら、僕達の日常とはずっと遠くにいる人達だよ？」

――非日常にあれだけ憧れた僕が、何を言ってるんだか……

自虐的な思いを心に浮かべながら熱弁を振るおうとする帝人だが、杏里の微笑み混じりの言葉によって遮られた。

「竜ヶ峰さん……この世界で、本当に非日常な事ってなんだと思いますか？」

「え……。んーと……超能力が使えたりとか、事件が起こったりとか？」

混乱したように告げる帝人に対して、杏里は静かに笑いながら首を振った。

「何も起こらない。それが、本当の異常なんです。毎日毎日、同じ事の繰り返しで、どんな些細な事件も起こらないけど、朝起きてから寝るまで、全部おんなじで退屈な毎日。それが——この世で一番ありえない事なんじゃないかなって思うんです」

「あー……確かにそうかもね」

「日常を壊したり壊されたり、心の底では退屈を望んだり変化を望んだり——それが、人間の本質なんだと思います」

突然そんな事を言い出した杏里の意図が読めず、帝人が返す言葉に困っていると、杏里は困ったように微笑みながら言葉を締めくくった。

「だから……私は、やっと日常に戻ってきたんだと思います」

「え？」

（父さんと母さんが死んでから、夢の中の『非日常』に逃げ込んでいた自分が、ようやくこちら側に戻ってこれた）

その事は言葉にせずに、彼女は困惑したままの帝人に静かに微笑み続けた。

面会時間が終わり、一人きりになった病室の中で、杏里は静かに天井を見つめていた。

結局彼女は帝人にも正臣にも本当のことを言わず、自分が『罪歌』である事も告げずにいた。

言っても信じてはもらえないだろう。彼女は帝人の正体を知らないため、自然とそう決め付けてしまっていたのだ。

――これでいいんだ。

――竜ヶ峰君も紀田君も、私の大事な友達だから。

――二人は、巻き込んだらいけない。裏の世界に、引きずりこんだらいけない。

――もう、斬り裂き事件は起こらない。私がそんなこと絶対にさせない。

――だから、竜ヶ峰君も紀田君も――これ以上心配することは無いから……

杏里は二人の顔を思い浮かべながら、同時に、もう一つの事を思案する。

この事件の、黒幕の存在を。

罪歌の子孫達を統べる存在となった杏里は、今回の事件の経緯を殆ど理解していた。

斬り裂き魔の面々から――贄川春奈から話を聞いて、その黒幕の存在を知ったのだ。

どんな姿をしているのか、何を目的としているのか、彼女には何も解らない。

だが……もしもその人物が、今後も自分達を利用して、街を壊そうと言うのなら、
帝人や正臣の平穏を壊そうというのなら――
彼女はその時の事を考えて、ベッドの上で拳を軽く握り締めた。

不安と決意にまみれながら、杏里はその黒幕の名前を思い出した。
その者の名前は――

♂♀

「折原臨也って、やっぱりおかしな名前よね……」

「んー。こんな風に育ったのは偶然かもしれないけど、結構自分じゃピッタリだと思ってるよ」

新宿のとあるマンションの一室で、折原臨也は奇妙な盤面の上で一人将棋を行っていた。

彼の背後には秘書である女性がたたずんでおり、山のような書類とパソコンの間を行ったり来たりしている。

情報整理に忙殺される彼女を前に、臨也は手伝おうともせずに、ある事を尋ねかけた。

「ねえ波江さん、君は偶然ってどこまで信じる？」

「……なんの話？」

その碁盤は三角形をしており、三角形の桝目に沿って、通常の将棋の駒が器用に三陣営にまたがって並べられている。

「彼らは、今回の色々な事が偶然だと思ってるんだろうなあ。贄川春奈が園原杏里の部屋にいた時、偶然那須島が来たと思ったんだろうねえ。本当は、あの時間帯に行くように那須島を追い詰めたりおだてたり、園原杏里の家の詳しい場所を教えたりしたのは俺なのにさ。しかしあいつ、教師の癖に本当にバカだったな。住所ぐらい他所のクラスの名簿を盗み見りゃ簡単なのによ。変な噂を立てられるのを避けたのかね。あれだけセクハラやっといて」

クックツと笑いながら、臨也は一連の事件に思いをはせる。

「いやあ……それにしても、『ある』って前提で調べてみると、結構あるもんだね。妖刀とか妖精とかいうもんはさぁ」

自分の知らなかった情報が山ほどあった事に快感を覚えながら、罪歌が巻き起こした事件の結末を思い出し、臨也は更なる高揚感に打ち震えた。

「そう……本当に偶然だったのは、那須島が俺の金を盗っていった時、本物の『罪歌』が現れたことかな」

もともと生活の荒らかった那須島は、粟楠会の管轄の闇金から金を借りて、かなり切羽詰った状態になっていた。そこで彼は一計を案じたのだ。自分をかつてナイフで脅した贄川春奈。

その親を脅して、なんとか金を引っ張ってこようとしたのだ。

栗楠組の紹介で、折原臨也という情報屋を紹介され——そこで彼は、ちょっと家をあけるから待っていてくれといって立ち去った臨也の事務所の中で——机の上に置かれた、黒いバッグに眼を向ける。そのバッグからは札束がいくつもはみ出しており——臨也の予想通り、那須島は金を持ち逃げした。闇金に金を叩きつけて、そのままどこかへ高飛びするつもりだったのだろう。臨也の商売柄、警察に駆け込めないという事も見込んでいたのかもしれない。

あとはセルティに頼んで、那須島を捕まえてもらうだけだった。

臨也は金を持ち逃げしようとした事を栗楠会に告げると脅し、自分の手駒として鎖をつなげたのだ。

——『罪歌』の大本である、贄川春奈を利用する為に。

「だけど、そこに贄川みたいな『コピー』じゃない、本物の『罪歌』の持ち主が現れたじゃないか……おかげで、色々と面白い事になったよ。まあ、俺としてはシズちゃんが死んでくれたら最高だったんだけど、そこまで高望みはできないか」

「面白い事って？」

一人で楽しそうな顔をしている臨也に、波江はなんの感情も抱かずに言葉を返す。

彼女にとって世界は弟さえ幸せになればそれでいいのであり、それ以外の出来事は比較的ど

うでもよい存在なのだ。たとえ、自分自身のことでさえも。

そんな彼女の性癖は知っている筈なのに、臨也は内緒話を我慢できなかった子供のように、目を爛々と輝かせながら状況を語りだした。

「これで街は、ダラーズと黄巾賊、そして、園原杏里が統べる妖刀軍団の三つに分かれたわけだ。……しかも、妖刀組は、ダラーズにも黄巾賊にもそれぞれ潜入しているときた」

「ふーん。それって、凄い事なの？」

「今すぐは凄い事にはならないだろうが……今は、火種で十分だよ。何ヶ月かすれば、その火種がくすぶってくすぶって……ああ、俺はもう待ちきれないよ!?」

新作ゲームの発売を待つ子供のように、臨也は笑いながらソファーに大きく寄りかかる。

一方の波江は相変わらず無表情のままで、喜んでいる臨也に淡々と疑問を投げかけた。

「……でも、黄巾賊って数はいるけど、３年前に中学生のガキが作ったチームなんでしょ？バランスが悪すぎるんじゃない？」

もっともな意見を唱える波江に対し、臨也は笑顔を引き締めて、諭すように言葉を返した。

「いいや……逆に考えなよ。ガキのくせして、あれだけの人数を纏めてるってのが——既に脅威なんだよ！」

臨也はそう力強く告げた後、それに続く言葉は、まるで独り言のように呟いた。

「まあ……黄巾賊の『将軍』とも、俺は知らない仲じゃないしねえ……」

♂♀

「……俺を、引き戻さないでくれ」

池袋から少し離れた、都内のとある廃工場。

都心とは思えないほどに閑散とした空気の中に——数百人もの人影が蠢いていた。

その人影の主はどれも若く、小学生から高校生の少年少女達で構成されている。

さらに特徴的だったのは——その少年達の服装こそはバラバラだったものの、工場内にいるすべての人間が——揃いも揃って、黄色いバンダナを巻いていた事だ。

「本当にいやなんだよ。わかる？」

その工場の中に、雰囲気とは正反対のけだるげな声が響き渡っていた。

「俺の気持ちがわかってたまるかって言いたいところだが、もしもお前がエスパーで俺の心を本当に読んでたらなんだか負けた気分になるからあえて言わないよ俺は」

他に言葉を紡ぐ者はおらず、ただ、ダラダラとした声だけがこだまする。

「とにかく……臨也さんに関わってから、俺はこっちには戻らないって決めたんだ」

黄色い渦の中心にいる男が、神妙な面持ちで言葉を紡ぐ。

完全な否定の言葉だったが、傍にいた『黄巾賊』の一人が、敬意の欠片も無い声をあげる。

「いや……先輩がいねーと話にならないじゃないっすかぁ。俺ら、ヤクザとか怖いから、数だけいても商売とかなんもできねーじゃないっすかぁ」

次の瞬間――その少年は、隣に居た大柄な少年によって顔面を蹴り飛ばされた。

「……将軍って呼べよ」

本気で怒っている少年に対し、中心にいた男はヒラヒラと手を振った。

「ああ、いいって、いーって！　今の俺は将軍なんて大層なもんじゃねえ。ただの平民なんだからよ。いや、平民ってーかただの高校生だから」

そう言って、『将軍』と呼ばれた男――『黄巾賊』の創設者はゆっくりと腰をあげた。

「やれやれ、まさかこんなに大規模な組織になるたーねえ。ダラーズといい勝負か？　しかし……ここまで黄色いと不気味だなあ、おい」

TVドラマの中に出てきた、池袋のカラーギャング。ドラマの中で黄色に統一されていたその映像を見て、彼はチームカラーをドラマと同じ黄色にしようと思い立ったのだが――

「あれ、原作だと黄色じゃねーのな。図書室で借りて初めて知ったよ。びっくりだね」

ケラケラと軽い調子で言うが、つられて笑う者は誰もいなかった。

「そんな事はどうでもいいです、将軍。俺達は……正直な話、ダラーズを疑ってる」

「……」

「将軍もダラーズの一員だってのは知ってるし、他にも何人か被ってる奴もいる。だが、ダラーズは横のつながりが殆ど無い組織だ。ダラーズの中の何人かが、俺達を襲ったんじゃないかと考えてる……俺だけじゃない。他にもそう考えている奴は大勢いるんですよ、将軍」

そこまで言われても、『将軍』は相変わらずヘラヘラとした態度を崩さなかった。

「俺はお前らの為に動くつもりはねぇっての。俺は、俺の平穏を手に入れたわけよ。仲のいい奴に囲まれて適度にデンジャラスな生活がな」

しかし次の瞬間、へらついていた表情が一気に引き締まった。

「だが……あの『斬り裂き魔』は、その平穏を——ぶち壊しやがった」

爬虫類のような目はすべてを凍らせるように鋭く、冷たく……その変わりように、周囲にいた少年達は揃ってその身を震わせた。

「世間は抗争なんて言ってるが……ありゃ違う。もっと異質な何かだろうなあ。まあ、そんな事は関係ない。関係ないんだよな。斬り裂き魔は潰す。何人もいるなら何人だろうが潰す」

男は静かに決意を固め、周囲の面々を見渡した。

「可愛い後輩もそうだが……杏里に手を出したのは、本当に許せねぇ」

知らない名前が出てきた事に困惑するが、少年達は誰も反論しようとはしなかった。

「たとえ何人いようが——斬り裂き魔は絶対に俺らが潰す。もしもダラーズがバックにいるってんなら……俺もダラーズの一員だがよ……」

一瞬の間を置いて、肺から空気を搾り出したような声をあげる『将軍』。

「その時は、俺が内部から潰してやる」

誰もいなくなった廃工場の中で、『将軍』――紀田正臣は、呆けたようにパイプ椅子に座り続けていたが――

「くそ……俺を……俺を引き戻しやがって……」

姿の見えぬ『斬り裂き魔』のことを思いながら、少年は悲しげに天井を仰ぎ見た。

彼の心にあるのは――今の平穏を崩す者に断罪を与える事と――杏里や帝人、その他クラスの友人や遊馬崎達の笑っている姿だけだった。

だからこそ、今の自分に苛立ちを感じ、ネット等で犯人らしいと噂に聞く――『罪歌』という名に恨みを向けた。

「俺を……引き戻しやがって……畜生……畜生ッ！」

♂♀

「まあ、こうやって盤面を上から見てるとさ、自分が神様だっていう錯覚に陥ってなかなか気持ちいいもんだよ」

三角形の将棋盤を色々といじりながら、臨也は子供のように無邪気な笑顔を浮かべ続けた。

「神様アターック。えいや」

気の抜けた掛け声と共に、臨也は盤上にオイルライターをぶちまける。

周囲に油の匂いが広がるが、気にしないまま油にまみれた駒に指を添え、三方向に広がる王将をそれぞれ中央に寄せ集めた。

「三つ巴っていいね。しかも、それぞれのリーダー同士が密接にくっついてる」

臨也はそれまでと一転して、邪悪に満ちた笑顔に顔を歪めながら、手元のマッチに火を灯す。

「蜜月が濃ければ濃いほど、それが崩れた時の絶望は高く高く燃え上がるもんだよ」

意味ありげなことを呟きながら、臨也は盤上にマッチを投げ込んだ。

炎。

透き通るように青い、どこか冷たい印象を与える炎が、三角形の盤上を包み込む。

火は勢いよく燃え上がり、オイルの尽きる傍から駒がブスブスと焦げはじめた。ガラス製のテーブルの上で、木製の駒だけが徐々に姿を燃え朽ちさせる。

「ハハハハ！　見ろ、駒がゴミのようだ！」

どこぞの悪役のようなセリフを言いながら狂ったように笑う臨也だが、そんな彼に冷や水を浴びせかけるように、波江は炎を見もしないままで呟いた。

「そりゃ燃えたらなんだってゴミよ。片付けといてね」

「ちッ。つまんない女だよねえ、相変わらずさあ」

臨也は心底つまらなそうに首を振ると、すぐに気を取り直したように、手元から一組のトランプを取り出した。

「さて……あとはそれぞれ『駒』以外のカードがどう動くかだよねえ……遊馬崎達に、岸谷新羅、サイモンに粟楠会の四木の旦那……警官……ええと、キングはシズちゃんかな、やっぱ」

そう言いながら、臨也はキングのカードをあっさりと火の中に投げ込んだ。

「ジョーカーはやっぱセルティか……いや、セルティはクイーンだな。じゃあ、ジョーカーは……ネブラにいる、岸谷の親父さんか……まあ、どうでもいいや」

やがて考えるのも面倒くさくなったのか、トランプを纏めて火の中に放り込んだ。

激しく燃える紙の束を見ながら、臨也は自分の隣に置いたモノに呟きかけた。

「楽しくなってきたよねえ……君も、そう思うだろう？」

臨也の傍らに置かれた、美しい女性の生首——

その瞼が、ほんの僅かに震えたような気がした。

♂♀

『ああ……平和だなあ……』

高級マンションのテラスで、床に大の字に寝ながら日光を精一杯浴びるセルティ。

自分の気持ち良さを表現する為に、わざわざPDAに感想を打ち込んで新羅に見せている。

対する新羅は『皮膚を傷める』と言って態々日焼け止めを塗って日傘を差しながらセルティの隣に寝転がっていた。

『ところで、罪歌の刀についてだけど――殆ど新羅の言ったとおりだったよ。ありがとう』

「ふふふ、セルティの為ならなんのその。でも、お礼はベッドの中で耳に囁いて欲しいな。なんならここででもぶはらッ」

寝たままの裏拳で腹を殴られた新羅に対し、セルティは疑問に思っていた事を口にする。

『でも、本当に気味が悪い程に正確だった。だから私も調べようと思ったんだけど、ネットにも文献にも罪歌って妖刀の事は全然見当たらなかったよ。しかも、お前の意見は臨也以上に詳しかった……一体どうやって調べたんだ？』

「ああ、親父の日記を見たから」

『？』

事もなげに告げる新羅に、セルティは疑問符をPDAに打ち込んだ。

「いや、あの罪歌って、うちの親父が色々研究してたみたいでさー。『魂すらも斬れる刀』って事で色々研究してたみたい。っていうか、数年前まで親父が持ってて、その後知り合いの古物商に売ったらしいね。確か園原とかいう古物商だったけど、今はそんな店聞かないなあ……」

『なにぃ⁉』

新羅の父親は、セルティを日本に密航させた男であり、セルティが自分の首を盗んだ真犯人ではないかと疑っている男だ。今はどこで何をやっているのか、息子の新羅ですら知らないらしいが——そんな男が、どうして罪歌を研究していたのだろうか？

『魂を斬るって……まさか、私の首を盗む為に、私の首と身体の魂を切り離すのに使ったとかじゃないだろうな？』

「……セルティ、超鋭い。ぶっちゃけ、その可能性はあると思うよ」

『……。いや、いい。お前に怒っても仕方ない』

首無しライダーは諦めたように身を投げ出すと、再びポカポカとした日光に身体をさらしていた。

「日光浴するなら、服を脱いだ方が良くないかぶえらッ」

新羅を再び殴りながら、彼女は静かに空を見上げた。

空はどこまでも高く、青く——彼女は確かに平和を感じとっていた。

街では混乱が続いているが、この青い空だけは変わらない。

彼女は一時的に街から自分を切り離して、青空を見上げながら杏里と静雄に思いを馳せる。

二人とも、自分から人を愛することが不器用な人間だった。

そんな人間として欠落した二人に、なぜかセルティは強い人間らしさも感じていた。

——自分は、どうなのだろう。私は——新羅を愛してる……つもりだ。

——だが、自分の愛は、新羅に何か与えているのだろうか？　新羅を幸せにしているのだろうか？

青空を眺めながら、そんな事をぼんやりと考えていた。そして、杏里をとりまく、帝人（みかど）と——もう一人の茶髪の男のことを思い出す。

——杏里や帝人の話を聞いていると——あの三人は、お互いに足りないものを補いあって生きてるみたいだな。

それも一つの愛の形なのだろうかと考えながらセルティはゆっくりと眠（ねむ）りに落ちていった。

最後に考えたことが、どれだけ残酷（ざんこく）なことかも気付かずに——

静かに、静かに、彼女は眠りに身をゆだねる。

ほんの一時の平和を、已の『影』に感じながら——

CAST

竜ヶ峰帝人
紀田正臣
園原杏里

平和島静雄

セルティ・ストゥルルソン
岸谷新羅

折原臨也
矢霧波江

門田京平
狩沢絵理華
遊馬崎ウォーカー

矢霧誠二
張間美香

サイモン・ブレジネフ

贄川春奈
那須島隆志

三流雑誌記者

STAFF

著　成田良悟

イラスト＆ビジュアルコンセプト　ヤスダスズヒト（AWA STUDIO）

デザイン　鎌部善彦

編集　鈴木Sue
和田敦

発行　株式会社メディアワークス

発売　株式会社角川書店

SPECIAL THANKS　あずまきよひこ
おかゆまさき
時雨沢恵一
柴村仁
鈴木鈴
渡瀬草一郎
藤原祐

『デュラララ!!×2』
完

ATOGAKI

アルファベットにすればかっこよくなるだろうと思い、見事に失敗！　成田良悟です。

さて、暫く間があいてしまいましたが、復帰第一弾は『デュラララ!!』の第二巻という事で一つ今後ともよろしくお願い致します。『デュラララ!!』の二作目となった今回では、なんと私の作品としては奇跡的に新キャラが少ないです。前作でスポットの当たらなかった人たちを中心に描いた今作ですが、設定だけは一作の時点であったような無かったような……まあ、その辺りの真実は藪の中ということで。

さて、相変わらずこの『デュラララ!!』では実験的な試みを色々入れています。遊馬崎と狩沢の会話については、意味の解る人はニヤリとしていただいて、さっぱりな人は『常人には解らない単語を繰り出す不気味なマニア連中』と受け取って頂ければ幸いです。前回と違い、今回はストーリーとは全く関係ない雑談としてですが。ただ、入稿もゲラチェックもすべて終わってあとがきを書いているこの時点で編集さんに「あ、各作品の担当さんに許可とるの忘れてた」と言われましたが。ひいぃッ⁉

ともあれこの本が無事に出ていた場合には——あずまきよひこさん、おかゆまさきさん、時雨沢恵一さん、柴村仁さん、鈴木鈴さん、渡瀬草一郎さん——どうもありがとうございました！

気が付けば、なんとデビューしてから丸2年が過ぎました。色々と心や身体がすさんでいるなか、なんとあっしの作品の同人誌が出たりしていて嬉しいことこの上なしです。80ページにも及ぶ同人誌や子爵グッズ、そしてセルティのフィギアなどを作ってくださったサークルの皆さんやポストカードを製作して下さったサークルの皆さんに心からの感謝を申し上げます。ありがとうございました！　えー、二次創作については作家さんによって悲喜こもごもですが、私は全然OK派ですというかまさか自分の本で二次創作が出るとは思っていませんでした。ありがとうございます本当に！

ここまで書いたところで絵師さんから「見開き絵もう一枚追加してもOK？」という連絡が来ました。私が「むしろ是非に！」と答えたところ、編集さんから、「じゃあ、イラスト増えた分、後書きは1ページね」と言われました（現在〆切デッドライン10分前）ええええちょっと待ってくださいよまだ書きたいことは色々と！　まず、無茶苦茶ハードなスケジュールの中で素敵なイラストを描いて下さったヤスダスズヒトさんには大感謝です！　他にもお世話になった皆さん、ありがとうございました！　ちなみに著者近影の答えはゲーセンのプリクラ背景でああもうページが時間がああああそうだ一人電撃ネタの御礼を言い忘れてたええと『ルナティック・ムーン』の藤原さん

◉成田良悟著作リスト

「バッカーノ！ The Rolling Bootlegs」（電撃文庫）
「バッカーノ！1931鈍行編 The Grand Punk Railroad」（同）
「バッカーノ！1931特急編 The Grand Punk Railroad」（同）
「バッカーノ！1932 Drug & The Dominos」（同）
「バッカーノ！2001 The Children Of Bottle」（同）
「バッカーノ！1933〈上〉～クモリノチアメ～」（同）
「バッカーノ！1933〈下〉～チノアメハ、ハレ～」（同）
「バウワウ！ Two Dog Night」（同）
「Mew Mew！ Crazy Cat's Night」（同）
「デュラララ!!」（同）
「ヴぁんぷ！」（同）

本書に対するご意見、ご感想をお寄せください。

■

あて先

〒160-8326 東京都新宿区西新宿4-34-7
アスキー・メディアワークス電撃文庫編集部
「成田良悟先生」係
「ヤスダスズヒト先生」係

■

電撃文庫

デュラララ!!×2

成田良悟（なりたりょうご）

発　行　二〇〇五年三月二十五日　初版発行
二〇一〇年一月十八日　十四版発行

発行者　髙野　潔

発行所　株式会社アスキー・メディアワークス
〒一六〇-八三二六　東京都新宿区西新宿四-三十四-七
電話〇三-六八六六-七三一一（編集）

発売元　株式会社角川グループパブリッシング
〒一〇二-八一七七　東京都千代田区富士見二-十三-三
電話〇三-三二三八-八六〇五（営業）

装丁者　荻窪裕司（META＋MANIERA）

印刷・製本　加藤製版印刷株式会社

落丁・乱丁本はお取り替えいたします。
定価はカバーに表示してあります。

ISBN4-8402-3000-5　C0193

電撃文庫創刊に際して

文庫は、我が国にとどまらず、世界の書籍の流れのなかで〝小さな巨人〟としての地位を築いてきた。古今東西の名著を、廉価で手に入りやすい形で提供してきたからこそ、人は文庫を自分の師として、また青春の想い出として、語りついできたのである。

その源を、文化的にはドイツのレクラム文庫に求めるにせよ、規模の上でイギリスのペンギンブックスに求めるにせよ、いま文庫は知識人の層の多様化に従って、ますますその意義を大きくしていると言ってよい。

文庫出版の意味するものは、激動の現代のみならず将来にわたって、大きくなることはあっても、小さくなることはないだろう。

「電撃文庫」は、そのように多様化した対象に応え、歴史に耐えうる作品を収録するのはもちろん、新しい世紀を迎えるにあたって、既成の枠をこえる新鮮で強烈なアイ・オープナーたりたい。

その特異さ故に、この存在は、かつて文庫がはじめて出版世界に登場したときと、同じ戸惑いを読書人に与えるかもしれない。

しかし、〈Changing Time, Changing Publishing〉時代は変わって、出版も変わる。時を重ねるなかで、精神の糧として、心の一隅を占めるものとして、次なる文化の担い手の若者たちに確かな評価を得られると信じて、ここに「電撃文庫」を出版する。

1993年6月10日
角川歴彦